U0723154

悦读文库

朱迎兵

著

不妨做晚成熟的果子

江西教育出版社

JIANGXI EDUCATION PUBLISHING HOUSE

图书在版编目 （ＣＩＰ） 数据

不妨做晚成熟的果子 / 朱迎兵著． -- 南昌 : 江西
教育出版社， 2016.10（2019.7重印）
　　（悦读文库）
　　ISBN 978-7-5392-9050-8

　　Ⅰ．①不… Ⅱ．①朱… Ⅲ．①人生哲学－通俗读物
Ⅳ．① B821-49

　　中国版本图书馆CIP数据核字 (2016) 第 237961 号

不妨做晚成熟的果子
BUFANGZUOWANCHENGSHUDEGUOZI

朱迎兵　　著

....

江西教育出版社出版

（南昌市抚河北路 291 号　邮编：330008）
各地新华书店经销
石家庄继文印刷有限公司
720mm×1000mm　　16 开本　　13 印张
2017 年 3 月第 1 版　　2019 年 7 月第 5 次印刷
ISBN 978-7-5392-9050-8
定价：26.00 元

....

赣教版图书如有印制质量问题，请向我社调换　电话：0791-86710427
投稿邮箱：JXJYCBS@163.com　　　　　电话：0791-86705643
网址：http://www.jxeph.com

赣版权登字 -02-2016-750

自 序

此时恰逢暑假，院子里鸟儿啁啾，花草葳蕤。难得的清闲。

写作年头不少，但习作寥寥。有编辑朋友甚至是读者经常催我新作，总被我婉拒。懒惰自然是个原因，更多的却是自身内心纷扰，无法坐于电脑前冥思静想。

工作后不久，我就担任我们这个镇上有一千多学生学校的中层领导。在外人眼里，教师无外乎"传道、授业、解惑"，教书育人，工作相对单纯。其实不然，每年都有大大小小的检查，有教学等额外的一些工作，特别是学校的领导班子成员，双休日加班是习以为常的事情。这些，压缩了休息时间是小，很多时候让你殚思极虑。"非淡泊无以明志，非宁静无以致远。"写作是需要静下心来的，心灵如此喧嚣，它只能是每晚临睡前的一闪而过难以实践的企盼。

读师范时，我曾在毕业纪念册上豪言，最大的梦想是要获诺贝尔文学奖，为国人出气。这当然有年少轻狂的成分，却表达了对写作的热爱。刚毕业时，还有同学问现在梦想实现到什么程度了，现在连问的人都没有了。还好，有莫言先生给中国人长了脸。

当然，教书也是一件让人快乐的事，白天，与孩子们交流，同教师们切磋，一直以为孩子们稚嫩的笑声和话语是最美的天籁，和一群志同道合的人共事是最大的幸福；夜间，听虫鸣，闻蛙语，任思绪在天地遨游，有所感，利用节假日下笔成文。每年的暑假，是我写得最多的时候。

生命，因情而丰盈，因爱而温暖。因为情感，我们的人生被拉长了，充满了张力和温馨。所以，我写得最多的还是关于情感方面的文章，每当把自己看到的、想到的、听到的，以文字为经，用情感作纬，编织成一篇篇文章，既愉悦了自己，也愉悦了读者。

文学的路很长，无论我如何追求都只是一条线段。人生总是在回忆和思索以及拼搏中度过，在渴望中欲达理想彼岸。生活片段，就像海滩上的贝壳，形态各异，流光溢彩，值得欣赏和留念；人生感悟，就像永不干涸的泉水，叮咚作响，流淌不止，值得回味和深思；释放心灵，就像翱翔在碧空的苍鹰，心旷神怡，感慨万千，值得飞扬和歌唱。

人生就像一个大舞台，每个人都会从中找到自己的影子，不管我们扮演的角色如何，都会在体验中找到乐趣，哪怕是苦涩的乐趣。我们一路走来，经历、回忆、感慨颇多，这是释放心灵的过程，也是生命逐渐消失的过程。在灿烂的生命之旅中，倘若能用自己的心灵讴歌生活，释放情感，平淡的人生也会很精彩。

释放心灵是认识自己、改造自己、升华自己的一种思想境界，也是认识世界、改造世界、辨别是非的一种能力。也许，创作是释放心灵的一种较好形式，它可以毫不掩饰地袒露自己的心声。你也许可以在作品中找到你我他的影子，在文字中找到现实和过去，在思想中找到真善美和假恶丑。

一直以为，写作是一件很辛苦的事情，也是一件自觉自愿的苦差事。没有谁强迫你，即使一字不写，地球照转，生活继续。而写作又是一件很愉快的事情，我可以通过文字和各种体裁表达自己的心声，无论写什么，或多或少有自己的思想和影子，即使毫不相干。

是为序。

朱迎兵

2016 年 8 月

目 录

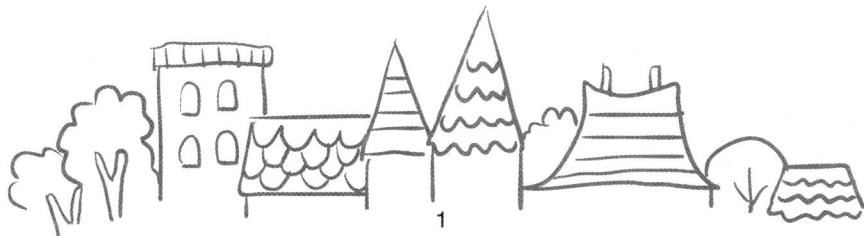

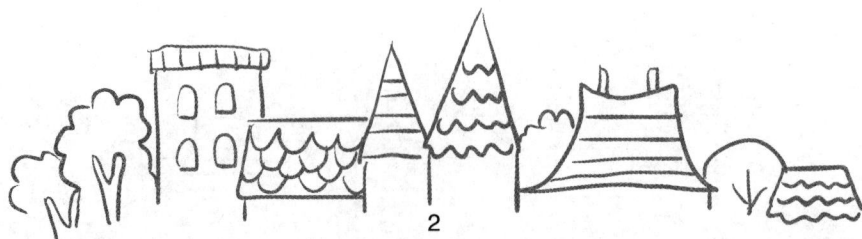

2

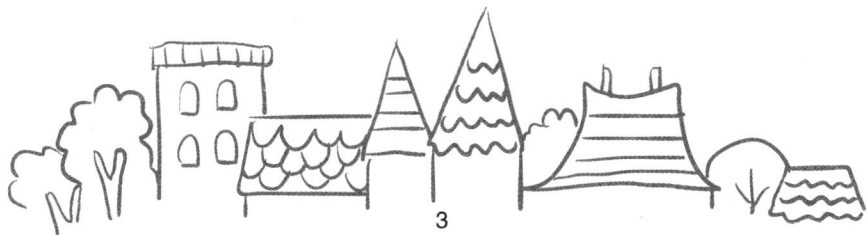

第1编

奇迹，勇气绽放的花朵

手挥五弦，

目送归鸿，

唱一曲《空城计》，

为成功千年的伏笔。

空白的掌心，

何曾一无所有？

每一次运筹帷幄，

总是决胜千里的勇气。

蜗牛的天空

　　1998年夏天，美国俄勒冈州中部的密歇尔小镇上迎来了一个黄皮肤、黑眼睛的中国少年，他就是于智博。

　　密歇尔小镇自然景色极其美丽。但小镇仅有350人，只有一家商店、两家餐馆、一家邮局和一所学校，街上连红绿灯都没有。这让从热闹繁华的成都来的于智博心情失落。

　　于智博来到这里实属无奈，16岁的他在中国的高考中落榜了，父母为了让他能读上大学，给他在密歇尔高中毕业班办理了入学手续。

　　到学校没有几天，于智博发现自己原有的英语底子，远远不能适应学习、生活的要求，不用说上课时与老师、同学讨论了，连同房东交流都有困难。

　　高考失利的阴霾盘踞心中没有散尽，加之环境生疏、语言不通，于智博消沉得像一块铁，他成天沉默寡言，难开笑脸。

　　约舒亚·杰克孙老师教他们物理，他四十多岁，精明干练，谈吐幽默，深得同学们爱戴。一天，上物理课，杰克孙老师在课堂上提问于智博，于智博没有听清问题，胡乱地答了一气，同学们听了哄堂大笑。于智博羞愧难当，下课后他冲出教室，跑到学校附近的一片小树林里。这里草丰花茂，于智博常常在此静坐发呆。他扑倒在草地上，泪水爬满了他的脸颊。

不知什么时候，杰克孙老师坐到了他的身边。他看到于智博肩头耸动，便爱怜地抚摸着他的头。于智博看到杰克孙，停止了哭泣。杰克孙把他拉坐起来。这时，于智博看到他们脚边有一只蜗牛，它的壳在阳光下纤弱而透明，它正吃力地慢慢地爬行。

杰克孙老师问："你知道蜗牛要到哪里去吗？"

于智博摇了摇头。杰克孙指着蜗牛的前方说："你看那里。"前方是一座山，峰峦林立，高耸入云。

杰克孙老师接着说："我想，蜗牛是要到山顶上去，有句谚语说，'能够到达金字塔顶端的有两种动物——雄鹰和蜗牛。'蜗牛也喜欢择高处立啊！我相信只要它努力，最终会爬上山顶，在那里，它所看到的景色和雄鹰是一样的。"

杰克孙老师的一番话，让于智博若有所思，他抬起头，看到杰克孙老师期盼的目光，他说："老师，谢谢你，我也要做一只爬上山顶的蜗牛！"

从第二天开始，于智博积极跟老师、同学交流，模仿他们讲话时的口吻和语气。即便在没有人的时候，他也在听录音并大声模仿。两个月的时间，他基本掌握了美式英语的发音，能轻松地听课发言了。

此外，他的成绩也突飞猛进，一年后，于智博代表优秀学生团体，在高中毕业典礼上发言。之后，校长私下告诉他，若不是他最后用中文说了句"谢谢大家"，差点忘了他是位外国学生。

读大学后，于智博一路高歌，他依靠自己的努力，从三流的大学转入到哈佛大学商学院，2009年顺利毕业。因为曾是花旗银行10名"全球领袖计划成员"之一的尖端人才，他被世界五百强企业联想集团聘用，成为总裁高级助理。

蜗牛的天空并不一定低矮黯淡，虽然它爬得缓慢，可只要它向着目标不断爬行，它也会攀爬到一览无余的山顶，与雄鹰一样视野开阔，拥有一片高远的蓝天。

成功就是敢于碰钉子

坎普·吉列出生在芝加哥一个小商人家庭，家里兄弟姐妹多，经济状况很差，他16岁时被迫辍学回家。他走上社会，要找一份自食其力的工作。

没有学历，缺乏经验，可以做的工作只有推销员了。但推销东西与坎普·吉列而言，是巨大的考验。他太害羞了，与陌生人说话，他总是面色通红，表情木讷。好在他是不服输的人，他的目标是做一名金牌推销员。从第一天上班起，他便强迫自己，见了陌生人要大声打招呼。在接受岗前培训时，第一个抢先回答问题的人肯定是他，他并非知道答案，而是他决定，不管那问题是否知道，都要第一个发言。很多时候，他的回答与问题风马牛不相及，课堂上便爆发出哄笑，可他会接着说下去，一直说到大家都静静地听着、培训老师露出微笑为止。

经过两周的培训，吉列感觉心理的承受能力已到了一定的程度，他便要求出去推销。他推销的是一种制作葡萄酒的机器，经理告诉他，做这个行业，几个月没有卖出一台机器很常见，能在半年内卖出一台，就很好了。

吉列决定要先走最难的路。他敲响了一家酒厂老板的门，那家酒厂，曾买过公司的产品，因产品质量和公司闹得很僵。他见到了酒厂的老板，如实地自报了家门，那老板虎起了脸，一句话也不容他说，挥手让他离开。

第二天，他又敲响了那位老板的门，老板见是他，扭头走了。

第三天，他再一次站在了那位老板面前，抢在老板赶他走之前，说："我说几句话。就走。"老板默许了。他像在培训的课堂上一样，滔滔不绝地说起来。他从前一次公司的失误说起，向老板表示道歉。接着，又详细地介绍了这款机器的特点以及质量方面的保证。最后他说，他知道此行失败是难免的，他只是想通过这次失败，练练自己的胆量。谁知道，几天后，那老板给他打来电话，说决定购买此产品。

此后，吉列一发不可收，一个月内，卖出了四台机器。这是公司里那些老牌的推销员也没有创造的奇迹。

吉列推销产品，是依靠真诚打动买家，当然并不是每次都能获取成功。可是他有不怕碰钉子的精神，他深知，做好一桩事情，需要"撞了南墙不回头"的恒心和努力。人生难免碰钉子，可是碰的钉子积累到一定程度的时候，总会成功一次，因此每碰一次钉子，就是离成功近了一步。他把所有的客户，都看成走向成功的钉子，对他们一个也不漏过。

推销员的经历使坎普•吉列发现了自己的经商潜力。他在做了24年推销员后，创办了自己的公司。公司早期也濒临破产，可是他把所有的困难都当作成功路上的钉子，没有气馁。有一天，他手托下巴陷入沉思，那没有刮干净的胡须扎疼了他的手，也刺激了他的思绪：每个男人都需要刮胡子，而刮胡子就需要剃须刀，联想到自己修面时的诸多不便，他暗下决心，一定要开发出一种"用完即扔"的剃须刀，来实现自己的发财梦想。最终，他创造了闻名世界的"吉列剃须刀"。吉列剃须刀后来行销全世界，吉列因此坐拥巨大财富，成为屈指可数的富豪。

碰壁不可怕，可怕的是在碰壁之后失去了信心和勇气。面对逆境，要相信自己有能力战胜困难，带着乐观的心态寻找出路。逆境创造了锤炼自我的机会，能够使我们更快地成熟起来。只有碰过壁的人才懂得如何规避危险，才有勇气迎接更大的挑战。

不能折断理想的翅膀

1965年，特莱艾生于津巴布韦一个贫穷的村落，上了一年小学后，父亲便让她退学回家。辍学的特莱艾每天等哥哥放学后，就急迫地翻开哥哥的书包，缠着哥哥将所学的知识对她说一遍，然后，在院子里一块表面坑坑洼洼的大石头上完成老师布置给哥哥的作业。就是在这块石头上，特莱艾用一张小纸写下了自己的四个梦想——出国留学、读完学士、硕士和博士。然后，她按照非洲人的传统，将写着这四个梦想的纸条放进一个瓦罐里，埋在这块大石旁，要在实现梦想的时候打开瓦罐。

哥哥总能按时交上整洁的作业，课堂却答不出老师提问，同村的老师卡嘉宁调查后知道，是妹妹一直在做着哥哥的功课。卡嘉宁恳求特莱艾的父亲让她回到学校，然而，父亲不为所动。11岁那年，特莱艾嫁人了。时光荏苒，十几年后，特莱艾已经是五个孩子的母亲，贫困的生活让当初的理想荡然无存。

1996年，津巴布韦遭遇了百年不遇的干旱，庄稼歉收，特莱艾家的粮食很快就吃光了。那时，她的丈夫患上了艾滋病，全家仅靠她在外面做工维持生活。

一天，特莱艾拖着疲惫的身体回到家中，孩子们饿得直哭，丈夫坐在地上叹气。她揭开粮缸，里面空空如洗。她决定带着孩子和丈夫，到一直

关心她的，也是村里最富裕的卡嘉宁老师家要口吃的。

来到卡嘉宁老师家，他正在用餐。在听特莱艾说明了来意后，他起身端来了几块面包。

卡嘉宁拿起一块面包，特莱艾去接，他却好像没有看到她，避开她的手，递给了她的丈夫，说："你是病人，战胜病魔需要营养。我怜悯你拥有一个无能的妻子，不能安排好你的生活，你快趁热吃吧。" 特莱艾的脸霎时火般地热。

他又拿起几块面包，再次避开特莱艾伸过来的手，递给几个孩子，说："可怜的孩子们，你们正是长身体的时候，却要忍受饥饿的折磨，你们没有一个称职的母亲啊！"特莱艾的脸更热了。

卡嘉宁拿起最后一块面包，却没有给特莱艾，而是自己吃了起来，他边吃边说："我从不给来乞讨的健全的成年人食物，因为这些人生性懒惰，轻易就被尘世折断了理想的翅膀。"特莱艾羞愧地低下了头。

回家后，特莱艾在曾经埋下梦想的地方久久徘徊，她决定要实现理想，亲手打开瓦罐。从此，她一边照顾全家人的生活，一边捡拾起课本，刻苦自学。

1998年，她被美国俄克拉荷马州立大学录取进本科学习。为避免五个女儿被丈夫随意嫁人，她带上丈夫和孩子一共七人到美国留学。那时助学金微薄，孩子们在上学，丈夫也因病无所事事，一家人生活窘困，被迫挤在冰冷、破旧的车式房子里。为了生存，她打了几份工，利用一切时间学习，尽量减少睡眠。没有吃的，她就去附近的垃圾筒里，翻找别人丢弃掉的食物充饥。

生活的艰苦，特莱艾早就习惯了；她觉得最难以忍受的，是丈夫打结婚起就有的家庭暴力倾向。丈夫在屡教不改之后，被美国司法当局赶出了美国；离开美国不久，丈夫的病情就加重了。善良的特莱艾念在老夫老妻的分上，想着这个男人给她带来的五个心爱的孩子，又把丈夫接回了美

国，一直照顾他到去世。

2009年12月，她终于实现了自己的全部四个梦想。已年近古稀的卡嘉宁先生得知消息后，第一时间给她打去了祝贺电话，并要求亲眼看到她打开瓦罐。

人生难免遭遇不幸，如贫困、疾病、挫折等，可面临不幸，无论如何也不能折断理想的翅膀。让我们想象特莱艾打开瓦罐的那个时刻，与她一同欢呼。

彼得逊说："人生中，经常有无数来自外部的打击，但这些打击究竟会对你产生怎样的影响，最终决定权在你自己手中。"即使我们遇到了一个又一个困难，也要勇敢地前进，在一次次跌倒后，爬起来，最终会发现，所有的磨难都是你宝贵的财富。

以梦为马，驰骋岁月

2009年6月一个闷热的上午，张小砚起床来，忽然想看看汶川灾后的孩子，她曾在那里做过志愿者。她背起一个绿色帆布包，穿了双人字拖鞋就上路了。

到成都后，因成都至汶川不过几个小时的车程，张小砚预计待三天就返程。到汶川第二天，她听说彻底关大桥被飞石砸断，她往茂县走，在路上，又听说前面塌方，于是往北转。

走了几天，气温陡降，她扔掉拖鞋，买双鞋继续上路。天气越发冷了，她便买了外套和长裤穿上。海拔渐高，她被晒成了一块焦炭。她先是搭顺风车，可嫌不自由，就买了辆摩托车往西藏骑，因无驾照无行驶证，一路被警察追，扣过车子，进过局子。路过波密，听说墨脱很神奇，二话不说骑着摩托进墨脱，一路摔了几十跤，魂飞魄散，肝胆俱裂，嘎龙山上还遭劫。所幸命大，于是拖起车子继续上路。一路翻山越岭，时而暴雨倾盆，时而骄阳似火。终于在8月骑到了拉萨，弹尽粮绝。她卖了摩托车，继续闲逛，把整个西藏转了一圈，逛到身无分文，就在大昭寺前乞讨得114元8角，开始往回返。

回去路上，她走一段路，搭一段顺风车，摩托车、大货车、拖拉机、越野车、农用三轮车、马匹……路上搭遍所有能遇见的交通工具。

终于回了家，口袋还剩31块，从拉萨到成都2300多公里只花了83

块钱。尤其是一称体重，发现竟然没有缺斤少两。大为自豪。全部行程17000多里路，历时两个多月。

她将自己用83元钱走完川藏路的故事写成游记，在天涯网上发布后，凭借曲折离奇的经历、幽默风趣的文笔，迅速拥有了众多粉丝，网友称其为现实版的"黄蓉"。其帖子点击量在短短时间内，超过1800万，蔚为壮观。

张小砚即使人在眼前，思想却在遥远的地方。见过她的人，都感觉只能望见她的背影。她希望每个人要有梦想，无数人的梦想总和便是社会理想。为此，她2010年建立"马托邦"。所谓的"马托邦"是一种生活方式，它鼓励所有人从每一件小事上改变自己的生活。当有人这样做并且愿意记录下来自己的生活时，被称为"微侠客"。当他愿意鼓起勇气实现自己的梦想时，叫作"梦行者"。当他愿意和别人分享自己的梦想，同时愿意帮助别人实现梦想时，便是"马托邦"。马托邦成为青年人梦想的互动平台，吸引了全国大量网友加入，大多数省区已经设立驿站，各地实体驿站也在筹备之中，马托邦江宁驿已进入试运行阶段。

张小砚有句著名的话："以梦为马，驰骋岁月；以梦为马，诗酒趁年华。"我们创造生活，生活却禁锢了我们。但是，心灵的终点没有止境，我们必须怀揣梦想走在路上。

旅行不是旅游，也不是游玩，不知道途中会碰见什么人，也不清楚下一段风景，它是一种不断走向未知的过程，会体验不一样的情感碰撞。很多时候，我们习惯以自己有限的生活经历、有限的情感范畴去揣测和要求别人，这恐怕过于喜剧化了。如果想要改变，不妨开启一段旅行。

在沙漠中绽放

茫茫沙漠，没有尽头。

两个旅人相互搀扶，跌跌撞撞前行。烈日蒸熏下，他们形容枯槁，面庞黧黑。来到一个沙丘旁，他们站住，从背囊里取出水壶，润了下开裂的嘴唇，又将水壶放回背囊。不敢大口喝了，行程未卜，水已经不多了。

金飞豹和费宣这次来撒哈拉沙漠，是进行"关注全球沙漠化"科学考察探险。由于气温高，卫星电话通信中断，今天已是他们与外界脱离联系的第三天。

天空中，高高盘旋着一只秃鹫，它跟随他们好长时间了，不久后，他们或许会訇然倒下，它就能品尝到美味了。

两人心里都清楚目前的处境，很久没有说话。金飞豹忽地眼前发黑，脚步趔趄了一下，摔倒在滚烫的黄沙上。他感觉有无数的星星在眼前升起，身体慢慢腾空了。他想：能升入天堂也好，那里气候如春，流水潺潺，他会趴到溪流里痛饮那甘甜的溪水。

他听到耳边有呼唤声，艰难地睁开了眼，是费宣。

金飞豹说："我实在是撑不住了，这沙漠哪里是尽头啊？"

费宣没有回答他的问题，他指着不远处，说："你看那里。"

金飞豹看到不远处，有一株不知名的植物，绽放着硕大红艳的花朵。这一路上，他曾看到过几次这种植物。这里所有植物的叶子都不是绿色的，而是带着各种鲜艳的颜色。它们的花朵也都非常美丽，花冠硕大艳丽，几乎各种颜色的花在这里都能找到，而更奇特的是，这些花朵都能分泌超乎想象的大量花蜜。费宣曾告诉过他，如果是4月里，沙漠里植物会更多更美。

费宣问道："你知道沙漠里的植物为什么会开出这么美丽的花朵吗？"

看着他迷茫的眼神，费宣接着说："沙漠里干燥炎热，土壤贫瘠，植物生长只能依靠可怜的水和养料。这里又因气候恶劣，昆虫、鸟类稀少，植物为了生存繁衍，必须要克服困难，开出最大最艳丽的花朵，分泌最多的花蜜，来吸引潜在的授粉者的注意。"

费宣接着问他："从这里出去，你最想做的一件事是什么？"

两天来，这个问题金飞豹真的想都没有想过。他想了片刻说："要再看看妻子和孩子。"

"我也是啊！"费宣说，"没有情感的植物，为了生存，都充满了能量。我们也有自己的目标，我们也应该能坚持下去！"

看着那硕大迷人的花朵，金飞豹慢慢有了力量，他有了坚强活下去的理由。他爬起来，与费宣继续跋涉。

就在那天晚上，飘落了一阵细雨，沙漠里温度下降了一些，卫星电话的信号通了，他们与外界重新取得了联系，得到了补给。

2009年6月30日，他们完成了历时80天的沙漠之旅，平安返回祖国。

我们在很多时候，面对困境，会丧失了目标，从而慵懒、颓唐，甚至一蹶不振。在人生步入险峻时，做一株沙漠里的植物吧，不忘追求和信仰，努力汲取最大的能量，绽放瑰丽、迷人的花朵。

人的一生，难免有步入困境的时候，可困境能滋润我们的内心，能磨炼我们的意志力，能激发我们的斗志。拥有了这样的心态，我们的人生便会风雨无阻，英姿飒爽。

人间的天堂

夏夜，公园湖畔，月光从树叶缝隙洒落，映照着石椅上的一对年轻的情侣。男孩轻挽女孩的腰，对她说着情话，女孩不时发出朗朗的笑。风儿弹奏着树梢，轻柔的小夜曲在流转。公园人工湖上粼粼波光向前延伸，宛若童话中通向幸福的阶梯。树丛里蟋蟀低鸣，此起彼落。城市的夜晚是如此美好，远离了白昼的喧嚣，舒缓了繁忙的节奏，淡释了钢筋水泥的坚硬。

月光有时还是将男孩脸上的焦虑泄露了，再有两个月他将与女孩迈入婚姻殿堂，房子没有着落，婚礼还需一笔不菲的开支，想到这些，甜蜜的爱情也不能解冻他心里的霜。

四月春正浓，葱茏的野外，细雨斜飞，雨滴浸入了柳叶，柳叶鹅黄；滋润了禾苗，葳蕤葱郁。铅色的天空下，小径在绿野蜿蜒，一个农人牵着耕牛放牧。他手持油纸伞，透明的雨滴从伞沿次第落下，身后的耕牛，大大的犄角如一把弓，毛皮被雨水淋得黝亮，它时而低头啃食着嫩嫩的草，时而抬起头来，出神地看着远方，它忆起了母亲的舐犊之爱。田畴里，不时有鹧鸪的啼鸣，远处有同类相和。这是真正的田园，如一幅水墨画，简约、宁静、恬美。

可那农人，他的双眼忧郁而无奈。他刚做完农活，腰酸得厉害；而昨天，远在异乡求学的儿子打来了电话，说生活费又没有了；家里的床上，

躺着已瘫痪多年的母亲；妻子外出打工去了，一年都没有音讯。生活的愁云，比那头顶上的黑云还厚重。

高山，斜阳，古刹。庙堂内，香雾袅袅，已近黄昏，拜佛的香客都走了，一个僧人闭着双眼，手敲木鱼，口诵经言。古寺已千年，那大柱上斑驳的油漆，佛像上脱落的表皮，诉说着陈年旧事和岁月沧桑。空旷的庙堂里只有僧人做着功课，他还年轻，面目清秀，袈裟裹着他健硕的身体。

山高路险，这里远离人宇的喧哗，晨钟迎来朝阳，暮鼓装扮落日，花绽草枯演绎着四季更迭，时间的河流在这里好像拐了个弯，步子缓慢了下来。

僧人敲木鱼的时候，有时节奏还是快了，口中也忘记了吐出经言。烦心的事情，像翻滚的沸水：他的衣兜里有一封信，是他家乡的一个姑娘给他的，她是他最初的恋人，她告诉他，就要成为别人的新娘；他到寺庙多年，久久没有得到住持的赏识，而迟他来的师弟，住持对之赞赏有加。

人生存在世上，要吃饭、穿衣、住宅，无法避免压力。人还有攀比、贪婪之心，总是希望出类拔萃，万事皆好，这也是一种盘踞心头的岩石，让心灵的担负愈发沉重。而人们虚幻的天堂，那里一切都遂着心愿，只有想不到的，没有得不到的。天堂里的人，心因此而安详，他们无视财富、地位、名气。我们无法抵达天堂，只能在凡尘里奔波，如果我们有一颗栖居在天堂的心，用它立身处世，多一份从容，少一份忧虑，多一份淡定，少一份苛求，人间一定也会有天堂般静好的日子。

生活像一条湍急的河流，流淌着酸甜苦辣，难得有坐看云起的闲逸。其实这都是我们自筑的围墙，而要轰塌这厚重的屏障，唯有散淡人生。散淡是一种美丽，是一份超然的宁静，也是一种至高的精神境界。

15

"最美农妇"

全国各地频现"最美"，有徒手接住坠楼女童的"最美妈妈"吴菊萍，有从车下救出两岁女童的"最美婆婆"陈贤妹，还有奋不顾身救学生、双腿截肢的"最美教师"张丽莉，以及不顾一切挽救跳楼患者的"最美护士"何遥，更有身负重伤紧急刹住大客车的"最美司机"吴斌……"最美"一次次进入公众的视线，一次次拨动我们的心弦。

2013年6月30日上午9时左右，吉林省白山市花山镇青年农民蔡景英正在自家地里埋头拔草，忽然听到几百米外铁轨边的山上有"哗啦哗啦"的响声，她一抬头，眼见着大石头掉下来，后面还跟着一棵大树……滚落的大石及大树，不偏不倚地砸在铁道上。

蔡景英惊魂未定的时候，不远处熟悉的火车汽笛声呼啸响起，让她心头再次一紧：塌方的地方是个拐弯，如果火车司机没看见，就出大事了。

情急之下，蔡景英看到不远处在田地里干活的张娜和陆红，招呼她们一起去拦车。陆红家的田地距离火车道有几百米远，她三步并作两步，从山坡上冲下来，跑到铁道中间。蔡景英和张娜也赶到铁道旁。

驶来的是辆客车，几百人的生命安全，让她们忘记了危险，不约而同地向迎面驶来的火车跑去，张娜最年轻，跑在最前面。三个人边跑边使劲

16

挥舞手臂，不停大喊停车。蔡景英因常年的田间劳作，患有腰肌劳损，一跑起来腰腿钻心地疼，可此时她什么都忘记了。

她们喊得嗓子都冒烟了，汗水湿透了衣襟，可好像司机听不到。蔡景英急中生智，注意到陆红戴了一顶遮阳帽，便向陆红道："快把帽子摘下来！"于是陆红拿着帽子使劲挥舞，大喊："快停车！"

终于，司机看到了她们，火车开始减速。刹车后，停在了距离山体滑坡处约800米处，三人松了口气，一屁股跌坐在火车道上。

她们的义举，很快传遍全国。当天下午，通化铁路工务段工作人员来到五人把村，将600元钱交给村干部，希望转交给三人表示感谢。然而，第二天，三人就把钱还回去了。

7月3日，白山市护路办、临江市护路办对蔡景英等三人给予每人1000元奖励，但面对奖励，蔡景英等三人再次拒绝。

事实上，1000元钱，对于三个农妇来说都不是小数目。蔡景英去年没了丈夫，如今带着婆婆过日子，年收入不足万元；陆红的丈夫在外打工，她在当地水泥厂上班还要照看田地，收入才够一家四口"年吃年用"；张娜刚参加完高考，大学学费是种地为生的父母的难题。

"俺们原本就不是图钱才去拦车，当时也没想那么多。只要把车保住了，就是俺们三个人的安慰了。"蔡景英说。

陆红说："俺们五人把村和铁路有感情，平常俺们上山捡柴火，都要往铁道边瞅一瞅，看看有没有石头、树枝，山边的石头都要踹一踹，看看有没有松动的。拦火车这事就是俺们应该做的，不想要钱。"

张娜则坚定地表示："当时情况危急，我不可能看到这么多人在我眼前突然消失，如果我没尽力把火车拦下，将遗憾一生，我更不想让见义勇为和金钱挂钩，我不想在帮助别人的同时，就想到钱。"

最终，在花山镇党委书记的再三劝说下，三人才收下奖金。

　　三位农妇的义举，无疑让人感觉到美的存在，她们被人们亲切地称为"最美农妇"。其实，只要心存善念，并在关键时刻将善念转化为一种善行，那么人人都可以成为"最美"。

　　心存善念，对周围的人心怀感恩，对生命充满敬畏，恶念便无处生根，美德便日渐昭彰。倘若一个民族不懂得反思，那么这个民族将注定一事无成。今天，当我们行走在人生路途中，无论你是谁，无论你身处哪个阶段，请驻足想想是否做到了心存善念。

第2编

人生因奉献而多彩

春蚕死去，
奉献了华美的丝绸；
花儿凋谢，
奉献了缕缕幽香；
蝴蝶飞去，
奉献了翩翩舞姿……
奉献是爱心的播撒，
也是智慧的引领。

你记得几个人的生日

1995年马云创办了"中国黄页"网站，第二年为扩大公司规模，向全国招募人马。经多轮筛选，楼文胜和其他3人难分伯仲，可公司只招两人。

这天，公司让他们到会议室进行最后的面试。他们来到会议室，看到人事部长身边坐着一个瘦削干练的人。待大家坐定，人事部长说，你们能走到这一步，说明都很优秀，昨晚公司高层研究，想把你们都留下来。但总裁马云说，我们在招员公告中说只需要两人，现在招收了4人，显得我们出尔反尔，不利于公司形象。今天面试，由马云亲自出题。他指了指身边那人，告诉大家他就是马云。

马云和颜悦色地说，今天，我只想问一个问题：你记得几个人的生日？

大家面面相觑，为了这次面试，他们昨晚熬夜看了许多专业方面的书籍，但这个题目与电脑、软件一点儿关系也没有。

人事部长指着离自己最近的面试者说，你先说。那人站立起来，面色绯红，嗫嚅着说，我只记得自己的生日。

这时，一个打扮入时的青年站起来，他微笑着说，我记得我母亲的生日是农历九月初七，父亲的生日农历正月十三，妹妹的3月18日……他一口气说了十几个人的生日。马云饶有兴趣地听着，待他说完，说，请你再

重复一遍。青年顿时怔住了，好半天也说不出一句话了。马云微微仰头，目光好似穿越了时空，他一字一顿地说，诚实，是一个人必不可少的品质。

参加面试中唯一的女孩李荔园说，我记得我妈妈的生日。我出生不久，我的爸爸就去世了，妈妈含辛茹苦把我养大。为了让我有个好的成长环境，妈妈一直没有再嫁。她的生日是7月7日，每当这一天，我无论在哪里，都会给她打去电话，祝福她生日快乐。大家被女孩的真情打动，有的人眼圈红了。

楼文胜最后说，他知道自己父母的生日，还知道女友的生日。在他发言时，人事部长记录着，然后当着他们的面，拨打了楼文胜和李荔园提供的电话，核对后，确认无误。

马云说，根据今天的面试表现，我已确定录取人员是李荔园和楼文胜。他接着说，你们或许认为我今天的面试题很古怪，可是这代表了我们的企业文化，就是关爱是一种动力。我们公司记录着每个员工的生日，每当他们生日，我会亲自送去生日的礼物。

马云又对落选的两个面试者说，你们不记得他人的生日，不足为怪，我曾经也是这样的人。可我在经历了两件事后，才意识到记住一个人生日的重要。

第一件是关于我奶奶的。我从小就是一个调皮的孩子，不爱学习，为了哥们儿义气经常打架，父亲几乎每天都打骂我。家里最疼我的就是奶奶，在她的劝说下，我免受了很多皮肉之苦，她还给我苦口婆心讲道理，我慢慢大了后，懂了她的话，发奋读书，考上了杭州大学外语系。在大学四年级时，奶奶病了，可她为了让我顺利毕业，一直对我隐瞒着病情。我毕业了，她已经住院几个月，瘦得皮包骨头。她去世后，在殡仪馆，工作人员让我填写表格，其中有一栏是填写她的出生年月，可我只记得她的年龄，生日却怎么也想不起来。我痛恨自己，连最亲近的人都如此漠视，只

为自己活着，还有什么意思？从那以后，我记住了家里每个人的生日。

第二件事是这样的：大学毕业后，我留校教外语，第二年我与几个朋友一起，利用业余时间，开办了一家"英语屋"，我们把所有的积蓄都投入进去。一年以后，亏损厉害，每人损失了几万元。那是我最阴暗的日子，我对自己的能力产生了怀疑。一天晚上，我独自在宿舍里吃方便面，忽然接到了一个多日没有联系的挚友电话，他说今天是我的生日，祝我生日快乐。那时，我猛然感到四处一片光明，心头的阴影荡然无存，原来被人牵挂的感觉是这么美妙！

楼文胜听了，倍受启发，带头鼓起了掌。会议室内掌声一片。

作为一名求职者，不仅要具有适当的技能，还要在思想观念上有所准备，那么请你不妨记住几个人的生日，从而知道感恩，珍惜情感，有容纳别人的胸怀，有融入集体的意愿……这些是一个优秀的员工必备的元素，也恰恰是每个老板最需要的。

乐观者看待事物的态度往往都是积极的、正面的；而悲观主义者看待事物的态度则往往都是消极的、负面的。两种不同的态度诠释出两种不同的人生。与此类似，善于怀着感恩的心态去看待事物的人，他的世界往往比别人精彩得多。

最好的送给你

庞中华是硬笔书法创始人。他还在小学时，就与李泰安师从一人，学习书法，两人关系密切。

中学时，他们学习小楷。一次，李泰安到庞中华家有事，看到庞中华沮丧万分，原来他写了一幅字，当中很多字的间架结构他不满意，他想毁了这幅字。可是李泰安却在那幅字前仔细端详，一会儿后，他大声赞叹道："真是好字，棒极了！"

庞中华半信半疑。的确，那时候他刚习小楷，作品到底怎样，他也不明究竟。他问李泰安好在哪里，李泰安头头是道说了很多。最后，李泰安提出，用自己最好的作品换他的这幅字。

就这样，庞中华用这幅差点儿扔掉的习作，得到了一幅美妙的作品。他将那幅作品装裱了，挂在家中，十分引人注目。

一天，庞中华的很多同学来到他家，他们都看到了李泰安的那幅字。庞中华告诉同学们，那作品是李泰安送的，还对作品的高妙之处给予了点评，同学们也都赞叹李泰安的书法技艺高超。

可这时，有个同学告诉庞中华，他曾到李泰安家，在那里，他看到了庞中华的作品也被装裱，悬挂在李泰安的书房里，李泰安对每一个到他家

的人都介绍那是庞中华的作品，还对其中的不足之处，大力讥讽。

这件事中，庞中华无疑受了委屈，被李泰安暗中伤害了。可是，庞中华并没有为此生气，而是得到了启发："己所不欲，勿施于人"。与人交往，一定要把自己最好的给别人。

俗话说："与人方便，自己方便。"宽容是人生的一座桥，沟通彼此间的心灵。走过这座桥，人们的生命就会多一份空间，多一份爱心；人们的生活就会多一份温暖，多一份阳光。

跌倒了要擦净灰尘

1592年夏天，利玛窦在韶州传教。当时，中国人信奉的是佛教，对天主教持否定的态度。利玛窦传教心切，每天穿行于大街小巷，宣传天主教，引起当地人的不满。一天晚上，一帮地痞纠集起来，袭击了他的住所，他从高高的窗口跳出逃命，重重地摔在石板地上，扭断了脚，无法治愈，由此成了个跛子。

1601年，重整旗鼓后的利玛窦来到北京，向明神宗进呈自鸣钟、西洋琴等礼物，得到信任，被准许留在北京。他认为时机成熟了，频频进出皇宫。但当他传教的意图刚刚显露时，就遭到皇室包括明神宗的拒绝。为此他苦闷不堪。此时他的事业，就像他残疾的腿一样，一只脚拖着轻轻的希望，另一只却拖着重重的失望。

利玛窦在北京有个最好的朋友，两人无话不谈，那人就是翰林徐光启。徐光启在听了他的倾诉后，看其愁眉紧锁，便说了这样的一段故事：

1058年，王安石向宋仁宗上万言书，要求对宋初以来的法度进行全盘改革，扭转积贫积弱的局势。他以历史上晋武帝司马炎、唐玄宗李隆基等人只图"逸豫"，不求改革，终于覆灭的事实为例，要求立即实现对法度的变革。

　　当时，宋仁宗已发觉国家要振兴，需要改革。可是，在看罢王安石的万言书后，对其将自己与历史上的那些昏君并列，极其不满。加之范仲淹的新政在实施时遭遇失败，他将王安石的万言书扔到一旁，不予理会。

　　王安石左等右等，等不来宋仁宗改革的消息，知道朝廷没有变法的决心，便辞职回家。赋闲在家的日子，他深刻地反思，认识到自己操之过急，没有得到人心。

　　他有个好朋友韩维在太子身边做事，他灵机一动，决定从长计议。他常给韩维写信，以朋友的情谊感化韩维，向他诉说改革的种种好处，韩维逐渐认识到改革的确事关国家的前途。在与太子的交往中，韩维时常谈一些很好的见解。太子称赞他，他说："这些意见都是我朋友王安石说的。"太子没见过王安石，但对他已经有了一个好印象。

　　1068年，太子即位，这就是宋神宗。他需要得力的助手，自然想到了王安石。王安石在时隔10年后，重归京城。1069年，王安石出任参知政事，次年，又升任宰相，开始大力推行改革。王安石的变法巩固了宋王朝的统治，在历史上留下了浓重的一笔。

　　徐光启说完了这段故事，对利玛窦意味深长地说："王安石之所以能实现自己的政治理想，得益于他从失败中汲取了教训，摒弃了原先一些不妥的做法，利用人心，制造舆论，从而获得成功。"

　　利玛窦茅塞顿开，他决定改变自己传教的方式。他在自己的住宅多次举行展览，表演先进的记忆方法。他放弃建造教堂、公开传教的方法，进一步用中国自古就有的"上帝"偷换"天主"概念。他的这些举措，得到不少中国知识分子的尊重。到了1605年，北京已有200人信奉天主教，当中还有数名公卿大臣。明神宗也对天主教表现出了极大的兴趣。利玛窦在中国传教取得了突破。

　　利玛窦晚年在回忆录中，总结传教经验时写道：跌倒了，能爬起来向

前冲，有的仅仅是勇气，离成功还很遥远。重要的是，要从前一次的跌倒中，汲取教训，擦净跌倒后附在身上的尘埃，以全新的方式，投入新的进程中，那样希望就在不远处向你招手了！

　　人的一生不可能永远一帆风顺，在快乐的同时总伴随着痛苦。与此同时，人生也就是因为成功与失败并存，欢笑与泪水同在，才变得更加充实与美好。而我们每个人也正是因为一次次的失败与挫折，才一步步走向成熟。

高尚也是一种特长

1971年秋天，曼谷街头踟蹰着一个少年，他衣衫褴褛，面容消瘦，但目光坚毅。他就是严彬，他刚初中毕业，在河南林县插队一年，由于被贫困折磨怕了，他只身来到泰国，寻找工作。

在唐人街，他因学历低，没有一技之长，找工作时屡屡碰壁，带的钱很快用完了，饥饿曾迫使他卖血度日。这天，他来到一家公司，老板问他需要什么待遇，他说只要管饱就行，老板被打动了，决定聘用他。

这家公司并不大，严彬主要负责打扫公司卫生。公司三十几个人，除了他，大家都是大学毕业，他的工资只有大家的三分之一，但严彬很满足，他珍惜这份难得的工作，每天将公司打扫得纤尘不染。因为年轻，工作压力不大，好多时候其他员工会请他做一些杂事，如买饭、跑腿之类的活，他从不拒绝，总是热心为大家服务，同事们都很喜欢他。

一天，老板在美国读大学的儿子来到公司。老板只有这一个儿子，视他为掌上明珠，从小娇生惯养，他身上公子哥味十足。他一直在美国读书，快毕业了，老板希望他子承父业，将公司进一步发展壮大。

他来到公司后，视察了各个部门，每到一处，大家都热情相迎，递送着笑脸。可他目中无人，一副颐指气使的样子。他准备回去时，走到狭窄的通道上，严彬正在抹地上的灰尘，来不及躲避，抹布碰到他的裤子上，

留下了一小块痕迹。严彬连声道歉，可他还是雷霆大发，指责严彬工作做不好，要让父亲辞退了他。严彬义正词严地说："公司是您家的，如果想辞退我，那是您的权利。可如果您说我工作没有做好，我不同意您的观点，我只是没有看到您来，弄脏了您的衣服。这与工作态度毫无关系。"说罢，他挺起胸膛，转身离去。老板的儿子怔住了，看着他远去的背影，久久没有说话。

公司的同事在事后，都劝严彬向老板解释一下，道一下歉，以免被老板炒了鱿鱼。可严彬不以为然，没有去和老板说什么。老板好像并不知道那件事情，看到严彬仍是笑眯眯的。

一年以后，老板的儿子正式接掌了公司，为了公司的生存发展，他决定改变公司的经营模式，这样一来，就面临着更改公司的人员结构，很多员工要被辞退。被裁掉的人占到了公司的一半，严彬也是其中一个。被辞退的人走的时候，都很落寞，悄悄地走了，连声招呼也没打。毕竟，他们丢失的是一份高薪的工作。严彬却觉得不声不响地走不太合适，他在这里工作快两年了，是老板在他最困难的时候，接纳了他。他除了和大家告别，还特意找到了老板，向他辞行。老板已赋闲在家，看到严彬来很惊讶，因为没有一个人辞退后来向他打招呼的，包括那些他很器重的人。严彬真诚地感谢了老板两年来对他的照顾，还说有机会请老板喝茶。老板说："反正我也没事了，你不如明天晚上就请我喝茶吧。"严彬高兴地答应了。

第二天晚上，严彬来到了约定地点时，看到老板已经到了那里，身边还坐着他的儿子。看到他来，老板的儿子伸出手，对他说："我郑重地聘请你，到我公司任职，职务是人力部主管。"严彬不相信自己的耳朵，老板说："你知道他为什么要聘请你吗？"严彬笑着摇头。老板指着儿子："你还是听他说吧。"

"原先我是准备辞退你的，因为你没有特长。可后来，我了解到了

你有协作精神，更重要的是即使面临压力和挫折，还能保持自己高尚的人格，公司人力部需要你这样的人。"

正因高尚，严彬逐渐强大：1995年，回国投资，在深圳创建了红牛维他命饮料有限公司；2000年，在北京昌平南口投资兴建了华彬庄园，成为名噪一时的房地产商；截至2010年底，华彬国际集团在中国总资产规模已达220亿元人民币。创业至今，他高尚依旧，一直以"公益慈善"为使命，为贫穷山区的人们提供着无私帮助。

特长和技能是安身立命的基础。而职场是个江湖，人事更迭，风云变幻，需要有容纳万水千山的胸怀，更需有跌入低谷不气馁、攀上巅峰不轻狂的境界。这胸怀、境界来源于高尚。高尚也是职场中重要的一种特长啊！

拥有高贵的灵魂的人不会躲在自己的世界，内在的活力与宽厚的心胸，让他不会只在乎自己与自己的利害，他会想到别人，关心别人的需求。即使孤独，在精神上他也拥有勇气、信念和不被诱惑的力量，以抵抗逆境和挫折。

给一朵花披上温暖的外衣

这天，阳光明媚，曼哈顿时代广场一家玩具店走进了一位中年女人。她在新到的那批芭比娃娃前流连，那金发碧眼的安丽丝公主令人着迷，最为特别的是，一按它身上的按钮，它就会唱起悦耳的歌曲，跳起优美的舞蹈。娃娃销售没有几天，就所剩无几了。

那女人在柜台前站立了许久，对售货员丝诺说："我的女儿要过生日了，我想把这个作为生日礼物送给她。请问，这娃娃还是卖售价牌上标明的160美元，没有打折吗？"

丝诺告诉她，仍卖那个价钱，不会打折的。女人听后，摇摇头说："太贵了，太贵了！"

丝诺也是一个母亲，她为一个母亲对孩子如此吝啬感到难以理解，就扭过脸，没有搭理那女人。

气氛很尴尬，那女人好像意识到丝诺的不满，她静默了几秒，又轻声地对丝诺说："这么好的娃娃的确值这个价钱，如果您能给我打个五折的话，就好了。"

丝诺扭过头，看到女人的面色通红，心里暗想她或许真有困难。但这批娃娃不打折，她也没有办法。她对女人抱歉地耸耸肩，表示无能为力。

那女人接着说："我可以接受这个价钱，我怕我女儿不能接受。您能不能在我明天带女儿买的时候，就说打了五折。当然，我会按原价购买的。"

说罢，她掏出了80美元，说："我先付一半的钱给您，拜托您给我留一个娃娃。明天我女儿答应买了，我再付给您另一半。"

女人对女儿的爱意感动了丝诺，她答应了女人的请求。

女人走后不久，就有人来购买那芭比娃娃，很快这款娃娃只剩下了两个。

傍晚的时候，店里来了一位脸色苍白的女孩，她径直走到那个娃娃旁边，看着价格牌。丝诺说："这种娃娃已经快卖完了，你要买就抓紧时间买吧。"

女孩听了，脸上先是露出失望的神色，接着又高兴起来："卖完了好，省得妈妈给我买了。"

丝诺听了，就知道她和那女人有着关联。果然，经过询问，女孩名字叫赛莉娜，就是那女人的女儿。后天，就是她10岁生日。昨天，她就与妈妈一起来到商店里，她们同时看中了那款芭比娃娃，可是昂贵的价格，让她阻止了妈妈购买。

丝诺问，那么多的孩子不觉得价格是问题，都可以买，她为什么舍不得。赛莉娜告诉丝诺，她患有先天性心脏病，妈妈为照顾好她，费尽了心血，花了很多钱。爸爸不能忍受这种生活，在她6岁的时候，离开了她们母女，这几年都是妈妈独自一人，靠着微薄的工资来维持着生活。160美元，相当于妈妈3天的薪水，她不忍心去买一件虽然漂亮，但没有什么实际用处的玩具。说这些的时候，她美丽的大眼睛里蓄满了泪水。

最后，她郑重地请求丝诺道："明天，妈妈还会带我来这里买生日礼物。假如还没有卖完，您就说娃娃已经被人预定了，不能卖了。阿姨，可

以吗？"

丝诺面对她的一双泪眼，同样无法拒绝，只好点点头。

第二天一早，那对母女就来到店里。丝诺听到女孩说："那娃娃太贵了，您随便给我买一件礼物，我们就回家吧。"女人却不同意，她说："我知道你一直都非常喜欢芭比娃娃，早就想给你买一个了。你的生日我没有送过你什么像样的礼物，这次无论如何我要送你喜欢的东西。再说，一般商品卖到最后，都会打折的。打折了，就不贵了，买了也划算。"

她们就这样一路争论着，来到柜台前。芭比娃娃只剩下最后一个了，还是丝诺特意为她们留下的。女人指着娃娃问："请问，这种娃娃打折了吗？"

丝诺摇摇头，说没有打折。女人听了，脸色阴沉下来。她疑惑地看着丝诺，喃喃地说："怎么会没有打折呢？"

丝诺说："不仅没有打折，而且我也不会卖给你们。"赛莉娜听了，兴奋得原本苍白的脸上露出了红晕，她在妈妈的身后悄悄地对丝诺竖起了大拇指。

这时，从柜台后走出来，她微笑着说："是的，这个娃娃我们不会卖给你们，而是送给你们！你们是第100个购买这种娃娃的顾客，按照我们店里事先的规定，第100名顾客，可以免费获得娃娃。而且，还可以获得商品价格一半的钱，作为奖金。你们真幸运！"

说罢，她让丝诺将娃娃包装好，双手捧着，递给女人，同时还递给她80美元。女人和女孩欢笑着，拥抱到一起，为自己的好运气而庆幸。

原来，昨天丝诺将这对母女的情况报告了罗斯，罗斯被母爱深深感动，也为赛莉娜的懂事和孝心动容。母女间的深情像一朵艳丽的花朵，那芬芳打动了她，她决定将娃娃作为礼物，免费送给赛莉娜，给那朵花披上

温暖的外衣。

　　母女之情，缘于骨髓里，像是看不见的空气、割不断的流水，血脉的联系使得母女之间有着神秘的感应。幸福着彼此的幸福，也痛苦着彼此的痛苦。那是真实的真切的情感，感人至深，深沉持久。

第3编

蝉翼飞动抵临成功

曾经盛夏最是繁盛之时，
而今初秋换了沧桑容颜。
繁华与落寞，
抵不过一瞬的时差。
静谧的岁月里，
那些薄如蝉翼的成功，
尘封了谁的视线？
那些摇曳明灭的文字，
讲述着谁的神奇？

成功是一种化蛹的过程

　　2007年7月12日的北京，夜很静，可胡蝶的心却如同飓风中的海洋，翻滚着惊涛骇浪。她打开电视，胡乱地调着频道。忽然，一个画面引起了她的注意：森林里草绿花红，一只幼蝶挣脱了虫茧的束缚，艰难地爬到树枝上，终于，它伸展开了柔弱而透明的翅膀，在花丛中飞翔。在那一刻，胡蝶决定，放弃背负的美丽的"虫茧"，去辽阔的天地里翱翔，探寻更美丽的风景。

　　胡蝶生于汉中，在西安长大。她在西安读完了小学、中学，古城浓郁的文化氛围使得她具有一种儒雅的独特气质；而从小学习武术，又给她带来了超越普通女孩的坚强和毅力。

　　2001年7月，胡蝶考入了梦寐以求的北京广播学院，学习播音与主持艺术专业。大学时期，她学习刻苦，个性历经了一次蜕变，由内敛含蓄，变得张扬且具有亲和力，这为她成长为一个优秀的主持人创造了条件。

　　2005年9月，胡蝶以优异的成绩毕业了，北京电视台录用了她，让她担任《晚间新闻报道》的主播和出镜记者。胡蝶靓丽的外形和轻松活泼的主持风格，很快使《晚间新闻报道》收视率上升了四个百分点。北京台对她的能力充分肯定，她被派出参与了奥运倒计时两周年、鸟巢卸载等大型直播活动，这让电视台许多年轻记者艳羡不已。2007年元旦，北京卫视为

36

胡蝶量身定做《直播北京》新闻直播节目，胡蝶这个年仅24岁的年轻女孩，已经成为了BTV的当家花旦。

出道两年，成绩骄人，同事们羡慕，亲人也为之欣慰。可胡蝶并没有因此满足，她一直感到有更大的事情等着她去做，她没有放松学习，在不断强化自身素养的同时，睁大着眼睛，寻觅更广阔的天地。

2007年3月，"白象"杯第五届CCTV电视节目主持人大赛开幕，和其他几届一样，这也是央视从地方电视台汲取优秀主持人的一次比赛，央视的王志、沈冰、刘芳菲等许多名嘴，都是从主持人大赛中脱颖而出的。在参赛亮相的开场白中，胡蝶说："昔有庄周晓梦迷蝴蝶，今有胡蝶赛场来追梦，这是渴望学习锻炼的梦，这是挑战自我的梦，这是一个希望破茧成蝶的梦。"怀着这样的心态，胡蝶在预赛中一路高奏凯歌。

2007年7月12日，经过艰苦的比赛，胡蝶以第一的成绩挺入复赛。就在胡蝶欣喜之时，她接到了北京电视台台长的电话：电视台认为胡蝶继续参赛将影响工作，要求她从留任和继续参赛中做出选择。

其实这是北京电视台担心胡蝶通过比赛，脱离原先的工作岗位，给她下的最后通牒。胡蝶刚接到电话时，陷入了两难，一个是自己钟爱的工作，另一个是提升自己实现梦想的机会，如何选择，她拿不定主意。她征询家人和朋友的意见，大家一致认为她应该留在北京电视台，因为这届比赛，共有5800余人报名，可最终只决出10名获奖选手，竞争可以用"惨烈"一词形容，结果难以预测。而如今她已是BTV的当家花旦，职位万人仰慕，如果辞职，是永远不会回到那个位置了。这便出现了文首描述的情形。

最终，胡蝶毅然辞职，参加了复赛。在随后的比赛中，那只化蛹的蝴蝶经常浮现在她的眼前，她厚积薄发，笑到了最后。2007年12月30日晚，比赛揭晓，胡蝶荣获第五届CCTV电视节目主持人大赛总冠军。

随后，胡蝶步入央视，先主持央视国际频道《今日亚洲》及凌晨的

整点新闻节目。可是，央视原先新闻节目的风格束缚了她，她台风严谨有余，活力不足，节目不被人关注。作为央视新一代主播，在央视既有制式风格要求下，她想走出自己的路，经过思索，她决定冒险尝试，将青春朝气的一面展现在节目里，很快她获得了成功，观众们对胡蝶清新的主持风格非常认可。2009年，央视新闻频道全面改版，胡蝶的气质与新闻频道的改版定位不谋而合，被央视新闻频道列入改版中推出的新人名单之中。

2009年7月27日，央视新闻频道的早间新闻节目《朝闻天下》成为改版"先锋"。新版《朝闻天下》一经推出，新主播胡蝶立即引起关注，其清秀靓丽的外形更是博得观众的赞赏。《中国时报》报道，胡蝶成为观众讨论最多的央视主播，她播报新闻的影片截图，更成为最热门的转寄分享邮件。很多观众表示，看了《朝闻天下》，真是耳目一新。

以前的主持人老端着架子很有距离感，胡蝶却很亲近，把国际新闻报得具有可看性。很多年轻网民发动网络票选"最美央视女主播"，评选结果认为胡蝶外型亮眼，又有亲切感，堪称"央视一姐"。

成功是一种过程，它需要营养的积淀，需要冲破"茧子"的勇气，还需要不懈的努力。胡蝶，她终于化蛹成蝶，在自己的梦想里越飞越高，越飞越远。

茧的存在是为了蜕变成蝶，而蝶的存在是为了完成茧的梦想，它是茧生命的终结者，也是茧的重生，只为飞向那如星空般浩瀚的天空，来一次生命的旅程。

珍爱陌生人

这是一节高中二年级的口语交际课，老师在大屏幕上出示了一张图片：夕阳西下，乡村野渡，艄公手拿竹篙立在一只小船上，一群飞翔的白鹭翅羽被染成了金色。

一个少年搀扶着一位老人走向渡口。少年面带微笑，与老人亲切交谈。老人满头白发，精神矍铄，表情幸福。

老师请同学们根据画面内容，发挥想象，说说两人的关系及发生的事件。同学们有的说老人与少年是祖孙关系，他们要一起进城；有的说两人是忘年交，结伴游玩归来；也有的说两人只是偶遇……

一节课，在踊跃的发言中接近尾声，老师总结道："从同学们的发言中，我感觉你们都有美好的心灵，猜测是祖孙关系的有一颗晶莹剔透的水晶心，猜测是朋友的有一颗熠熠生辉的金子般的心，我特别欣赏的是猜测他们是陌生人的同学，他们拥有一颗无比昂贵的钻石般的心！"

在我们人生的旅程中，最多出现的是陌生人，能与之同舟共济，风雨同行，无私奉献，是有大爱的人。只有对陌生人心怀善意，社会才愈发文明和美好。

　　"陪伴"在我们生命里是一个很重要的词，因为我们生来就是孤独的，我们会经历一个又一个人，却不知道谁能留在你的明天里。其实我们都很清楚这一点，所以我才很珍惜每一个与我们擦肩而过的人。

读书与上网

袁枚说："书非借不能读也。"可我现在借书不多，读书更难。

那年的"十一"长假，兴冲冲从学校的图书室借了两本书——《金陵十二钗》《爱的教育》。开始几天，还读得欲罢不能，可十几天后，仍没读完。思前想后，还是决定送还图书室，不是怕受到管理员的责备，而是每晚临睡前，一看到那些没看完的书躺在那里看我，便觉得欠了它们什么似的。

我怀念起没有上网的日子，独自一人坐在房间内，金黄的阳光透过窗棂斜斜地射进来，手持一卷诗书，任思绪随作者的文字在天地间遨游，读到绝妙处拍案而起，连连称妙。疲倦时听一曲悠扬的音乐，喝一杯青绿的新茶，半天的时光在不知不觉间就流逝了。那时不仅是借书来读，每月下来至少要买书两本，写得也特别勤快。看书写稿，挣得稿费再买书来看，日子过得无比惬意。读书至深夜是常有的事情。

而今闲暇的时光几乎都泡在互联网上。互联网也的确有它好处：一则整理资料省事省心，二来省去许多买书的钱，以至熬夜上网查资料、看文章乐此不疲。网络这个东西，阴谋似的掏空了自己的时间。一些媒体说，小孩子不能自持对网络迷恋太深，之于成人又何尝不是呢？我现在一天不上网可以，两天基本上也能坚持得了，过了第三天再不上网转转，感觉就

像是少了什么似的，浑身不自在。读书的意志力都让网络消磨了。

为让自己远离网络，去年的暑假我曾躲到乡下老家，过了一段轻松自在的生活，我花了一周的时间读完了梭罗的《瓦尔登湖》。在乡下的老家，一无匆忙的琐事，二无车水马龙的喧嚣。去时正是农闲，终年忙碌的父母也只是修葺院墙的篱笆，喂喂鸡鹅，在菜园里种一垄青菜什么的，我所能做的就是上午看看书，下午教邻家的孩子识字、做题，在晚饭时和父母聊聊一些看到或听到的有趣的事。他们对我上网很是关心，问我电脑值多少钱，有没有电视看着方便。他们对上网付费很是心疼，母亲说你看电视多好呀，上什么网呀，费钱又劳神的。

一天晚上与父亲对酌，几杯酒下肚父亲兴致勃勃地和我聊起《兴唐传》《罗通扫北》，他问了一个很玄妙的问题：罗章和罗红的关系。我只知道罗通是罗成的儿子，罗红是何许人我一无所知。父亲淡淡地说了句："你不能太依赖网络，要认认真真地读几本好书了。"

如今，互联网发达，每个人都要养成上网学习、获取知识的习惯。但不能离开了网什么都不想干，什么都不去干。过分依赖网络是不可取的，传统书本的学习方式，不仅不能丢弃，还应该坚持、再坚持。

把热爱当作事业的"数学天才"

2006年8月22日，第25届国际数学家大会在马德里举行，开幕式上颁发的菲尔兹奖引人瞩目。此奖4年一次，颁发对象为40岁以下的数学家，被誉为"数学界的诺贝尔奖"。当西班牙国王将金灿灿的奖章颁发给一个年轻人时，全场掌声雷动。那年轻人黑头发黄皮肤，外表随和俊朗，他就是31岁的澳籍华裔数学家陶哲轩。他也是该奖70年来最年轻的得主。

陶哲轩研究成果丰硕，如今是微分方程、调和分析、解析数论等领域的大师级年轻高手。他知名的研究还包括质数，2004年陶哲轩证明了即使在无穷大的质数数列中，也能找到等差数列段。这项研究是他获得菲尔兹奖的主要原因。

陶哲轩获得如此大的成就，很容易让人想到他是一位苦坐书斋的数学家。可是事实并非如此。他还像一个孩子，喜欢打电子游戏，一打就是几小时。他博客上有一篇《量子力学与古墓丽影》的论文，其中一系列妙趣横生的类比，是他从打游戏中获得的灵感。

陶哲轩喜欢摄影，他目前居住在阳光灿烂的南加利福尼业，常在周末和家人郊游，用数码相机给家人留影。一次，他的相机淋了雨，很多相片由于没有来得及放置到电脑中，看不清了。他动用了数学家的思维，思考

能否在丢失了大部分的数据后，运用运算法则，去重建原始图像。为此他投入了大量的精力研究，并完成了几篇论文。这就是压缩感知研究。由于陶哲轩介入，压缩感知已经成为应用数学里最热门的研究之一，吸引了人们极大的关注。

陶哲轩最想做的事情不是待在研究室里，而是将数学在普通人中推广。他的计划中有一项是教那些非数学家如何数学性地思维，"这对日常生活大有用处，譬如算一算怎样抵押贷款更划算，我相信可以教会所有人。"他还说有很多人以为数学是穷人、卑微者主攻的学科，其实它同样能制造百万富翁和亿万富翁。"在美国，许多数学家通过运用数学赚到了大钱并赢得人们的尊重，Google的创始人就是数学博士，他们设计了一套数学运算法则来搜索网页，然后成了亿万富翁。"

陶哲轩喜欢与人交流，他是一个好的倾听者，善于向别人学习，他同时也擅长向别人清楚地解释自己的想法。他在工作中从来没有和别人争执过，他想的都是怎么开开心心和别人合作，而不是互相指责，争权夺利。他觉得如果中国的数学家多一些合作，少一些争执，中国的数学将会有更快的发展。

13岁时，陶哲轩曾参加过国际数学奥林匹克竞赛，获得金牌。他说，数学研究和奥数所需的环境不一样，奥数就像是在可以预知的条件下进行的短跑比赛，而数学研究则是在现实生活的不可预知条件下进行的一场马拉松，需要更多的耐心。在中国，有学生将奥数视为升入大学的一条捷径。陶哲轩认为，如果参加奥数比赛只是为了升入一所好的大学，"这个目标太小了"。

与陶哲轩一起工作的人，都认为他在工作上所花的时间远远低于在其他方面花费的时间。陶哲轩也承认了这点，他常说："热爱就是我的工作。"

　　人生宛如在大海中航行，工作就是我们立足的航船，我们借助它在风浪里穿行，安稳地生活，对它更多是出于一份责任；而热爱，就是在枯燥的航海过程中，闪现的多彩的流云、绿意盎然的岛屿，供我们休憩身心，感受旅途的美好。陶哲轩把热爱当作事业，那是一种大智慧，这样他面对工作是积极的，充满了趣味的，因此他的航船帆张得更满，力量也更大。

　　青春总是燃烧在激情的工作中，生命总是在平凡的工作岗位中实现其最伟大的价值。每天带着全身心的爱做事，让自己快速成长，早日踏上成功之路，是对生命最好的诠释，也是对人生最具有实际意义的负责。

希望的种子

2000年，因为修建高铁，姜守红家里的土地都被征收了，50岁的他为了挣钱维持生活，从安徽蚌埠的乡下来到杭州。他们村的很多人在这里打工，他也想找一份体力活来做。在老乡的介绍下，他跑了许多家建筑工地和劳务公司，但人家都嫌他岁数大了，拒绝要他，他身上带的为数不多的钱很快就用完了。

天无绝人之路，姜守红有个老乡在杭州中国美术学院附近开了家废品收购公司，他以前一直认为捡废品是丢脸的事情，但这时没有办法，只好靠收购废品来度日。捡废品收入并不高，可每年也有几千元的收入，这比他原先种地还稍稍强些。

时间一晃，就到了2006年。6月的一天，姜守红在捡废品时，忽然感到腹部奇痛，眼前一花，栽倒在地上。好心人把他送进了医院，医生确诊他是腹部囊肿发炎，需要立刻做手术。

一个月后，他出院了，将半年的积蓄花得一干二净，人也瘦了一圈，由150斤变成了只有110来斤，体质虚弱。老乡们都劝他回乡下，他想家里的几个孩子都不富裕，他和老伴不能因生活增加孩子们的负担，现在回去，自己和老伴以后该怎么过？

收购废品的老乡告诉他，杭州中国美术学院需要模特，让他去试试。他一直以为，模特是非常漂亮的人才能做的事情，听后使劲地摇头。老乡又告诉他，美院的模特不是走T台的那种，而是让学生们画画的人物模特，不仅需要年轻漂亮的青年人，也需要像他这般年岁的老年人。他还是半信半疑。

迫于生计，第二天他鼓足了勇气，来到美院。美院的老师看到他，眼前一亮，他饱经沧桑的模样，正是他们苦苦寻找的。于是，他被录取了。

刚开始做模特，姜守红还觉得蛮有趣的，没想到几天坐下来，浑身酸痛，比捡废品还受罪。但想到做一天模特有几十元的收入，他就坚持了下来。渐渐地，他因为敬业，在美院里还有了一点儿小名气。

每年，美院招生都要考生根据模特画头像。一个人要坐在那儿被12个人画，而且要坐3个小时，待遇高，一般业余模特却受不了。姜守红第二年就被美院确定为这种模特。

每次，他怕考生们紧张，就让他们把他当成自己的爷爷来画，考生们画的时候就感觉自然了。通常一个小时后，他就感觉屁股被身体压得既酸又痛，背部也是如此。为了让孩子们取得好成绩，他仍坐着一动不动，像一尊雕塑。

美院考生逐年增加，每次考前的模特需求量也在增加，姜守红就把儿子、女儿、儿媳和老乡都带到了杭州，介绍他们做起了模特。慢慢地，他成了乡亲们的业余模特经纪人，他的身边形成了一支100多号人的"模特大军"，被大家尊称为"姜司令"。他的收入，也比捡废品高出了很多倍。

姜守红的事迹，引来很多记者采访，他最喜欢对记者说的话就是："做事就像种地，水稻没有丰收，还有棉花呢。只要信心还在，总有一季会丰收。"

人生何尝不是如此，处处都有着希望，就像一个双面的磁带，即使正

不妨做晚
成熟的果子

面无法顺畅进行，不要放弃，从反面开始，那里也许藏有希望的种子，在那奏响的乐曲也有价值，也是成功！

鲁迅先生说，希望是本无所谓有、无所谓无的，这正如世界上的路，世上本没有路，走的人多了也便成了路。是啊，希望其实就在我们心里！就看处在人生十字路口的你何去何从。

抵达成功不止一种方式

侄子参加了今年的高考，成绩很不理想，三本线还没有达到，姐姐、姐夫唉声叹气，侄子也精神萎靡。

一天，侄子到我家，我看他还是无精打采的样子，对他说了刘谦的故事。

刘谦自小腼腆内向，上学第一年的每次考试，他都名列末尾。大家认为他是笨蛋，父母也为之担心。

一次，12岁的刘谦看到邻居家的一个孩子在哭，他询问后，得知他的玩具熊被老鼠咬破了，那玩具熊刘谦也有一只，只不过他已很久没玩了。为了让他开心，刘谦悄悄回家将自己的玩具熊藏在衣服里，然后在孩子面前表演了魔术，将玩具熊变出来给了那个孩子。孩子激动不已，逢人便说刘谦哥哥有本事。

父亲听说了这件事情，意识到刘谦善良，而且还不是一个极度愚蠢的人。

这天，父亲要带刘谦出门探访一个亲戚，目的地是鼓山。他们的家在苓雅，两区相隔不过十几公里。父亲问刘谦怎么去，刘谦说坐汽车，父亲答应了刘谦。父亲将刘谦送到车上，却想起没有带礼物，就下车去买东西。父亲刚下车，车就开动了，刘谦大声呼喊父亲，父亲也听不到。独自

一人在车上，刘谦很害怕，也很担心父亲，没有了汽车，父亲怎么能到呢？苓雅车站到了，刘谦战战兢兢地随着旅客走下车，却一眼就看到了父亲，父亲正在不远处等着他。他飞奔过去，一下扑进父亲的怀抱，诉说一路的忐忑不安，害怕父亲到不了苓雅，并惊讶父亲是如何到达的。

父亲说是骑自行车来的。这一切是父亲安排好的，其实那个小站离鼓山很近，而公路七弯八拐，父亲骑自行车穿街过巷，竟然比坐汽车还快，所以父亲到得比刘谦还早。

父亲接着说，抵达目的地有很多方式，只要成功，不必管用的是什么方式。孩子，就像你学习成绩不如人意，好像很难取得人生的成功，可是学习不是走向成功的唯一选择，你想成功，为什么不能换一种方式呢？此时，刘谦理解了父亲的良苦用心。

随后，刘谦看到很多人为了自己的理想不能实现而痛苦不已，就想假如自己用魔法帮助他们实现，即使是假的，但起码从精神上减轻了他们的痛苦。

从此，刘谦对魔术表现出浓厚的兴趣，并跟随一些魔术师学习魔术。他克服心中的怯懦，为自己的梦想开始奋斗，最终成为世界闻名的魔术师。

侄子听了，盘踞脸上多日的阴云消散了。他说："我手很灵巧，喜欢制作工艺品，我何不学习工艺品的制作，自己成立一家公司呢？"听了他的话，看到他自信的表情，我悬着的心落下了。

成功对我们来说是人生奋斗的目的地，我们为怎么抵达而费心尽力。可是，到达目的地难道只能坐汽车吗？我们为什么不能骑自行车或者乘轮船去呢？这样，我们不是也能到达，甚至更快地到达吗？所以当在抵达成功的路上遭遇挫折时，我们不妨换一种方式，这样成功就离我们不远了。

每个人都有梦想，但梦想并非都能实现，梦想最青睐的是一直孜孜不倦为之勤奋努力的人。曾经的梦想，成为今日之事实，抵达的途径不只有一种，但是无论哪一种，都需要你付出汗水，不懈努力。

火车的能量

夕阳下，广阔的火车站广场行人寥寥，一个小男孩坐在长椅上，看着不远处。那里，调车员挥动着窄小的三角形红旗，火车便哐当哐当地开动了，它由缓而急，穿过建筑物落下的长长影子，渐渐地消失在远方，只在铁轨的尽头留下一个黑点。

那个小男孩是我，调车员是我的父亲。原先，每年暑假我都待在家乡的小镇上，那年我四年级了，忽然就厌恶了学习，也不与小伙伴们玩耍，整天无精打采，上课不听，作业不做，每科都挂着红灯。

父亲在远方的城市做调车员，听母亲说后，就将我接到他的身边，给我补课。

每天他上班我就随他一起来到车站，或者在候车室里看旅客上下车，看摘挂机车，或者就到站台上看火车的启动和停止，看火车的进站和出站，听广播员优雅的播报和列车出站时的悦耳音乐。等父亲下班，我随他到他的宿舍，他给我做好吃的饭菜，我们吃后，他就趴到桌子上给我补习功课。

假期很快就要结束了，我要回到小镇上母亲身边去。这是我最后一天待在这儿了，父亲送走了火车，回头看到我望着远去的火车，便走到我的

身边。

父亲目视火车开去的方向，对我说："火车会穿过桥梁、森林、隧道、峡谷，越过陡坡和高山，一路上历经坎坷，抵达目的地。"

他又指着停在站台的一辆火车头，问："它怎么无法动弹呢？"我说："没有给它能量，它当然不能动了。"

父亲笑着点点头说："火车头停在铁轨上，为了防滑，在它的8个驱动前轮前，各塞了一块三寸见方的木块，就更是无法动弹了。可你知道，当它的时速超过100公里的时候的力量吗？"

"那时，即使一堵两尺厚的墙，它也能穿过。运动起来后，火车的能量是多么巨大啊！孩子，学习也是如此，不去行动，是没有能量的，只有踏实地做了，才会产生比较大的能量，才会抵临一个又一个高峰啊！"

回去后，父亲的话时常萦绕在我的脑海里，我发奋苦读，成绩很快优异了。以后，在整个学习生涯里，我依靠着勤奋带来的能量，小学、中学，直至大学，我都是优秀学生。

我从一所全国重点师大毕业后，分配到一所著名的中学任教，和我一同进校的还有几名同事，他们很多是从普通的师大毕业，甚至还有的是从专科学校毕业。

和他们相比，我自以为学识渊博，理论深厚，我每日教完了课，就到自己的房间听歌、喝茶，自得其乐，还与学校附近的一群年龄相仿的社会青年喝酒、打麻将。不觉中，时间过去了一年，我所带的班级与那些与我同时进校的同事比较，成绩差了很多，业务上也没有进展。领导批评我，我总是寻找众多的理由，加以搪塞。

暑假了，我去看望父亲。父亲和我对酌，我讲了一年的经历，发着满腹的牢骚。父亲饮了口酒，幽幽地说："读书时，你是像一辆开足了马力的火车一样，工作后呢？"我的脸霎时火热起来。

工作的第二年，我踏实工作，将所有的精力放到工作上，不仅上好了每节课，还读了大量教育专著，写了很多反思文章。我的多篇论文见诸报刊，所授班级的成绩在全年级名列第一，领导、同事和家长对我都很满意。

在生活中，每个人都要做一辆开动起来的火车，只有"运动"，才会产生能量；只有"运动"，才有可能取得成功……

一个人，只要坚持不懈，就能在别人失败的地方获得成功。对于那些深思熟虑、稳步向前的人，道路并不漫长；对于那些卧薪尝胆、坚韧不拔的人，荣誉并不遥远。

用歌声呼吸与行走

　　一场不堪回首的车祸，让13岁的陈州高位截肢，失去臀部往下10厘米以外的身体。

　　陈州幼时父母就离异了，他跟随年迈的爷爷四处流浪，靠爷爷拉二胡卖艺为生。1996年6月的一天，因没钱买票，祖孙俩偷偷爬上一列炭车。列车来到一座县城，陈州怕错过地方，车还没有停稳时，就急着下车，摔到一堆石块上，立刻失去了知觉。待他醒来，他的双腿永远不见了。

　　从医院回家后，少年陈州在床上整整躺了3个月，他感觉自己的天空塌陷了，看不到光明，也看不到希望。他成天躺在床上，不想说话，也不想吃饭，白天陪伴他的是爷爷奶奶的哭泣声，夜晚陪伴他的则是院子里蛐蛐忧伤的鸣叫。

　　陈州虽然没有上过学，可从小就在爷爷的二胡声中，感受着深厚的民间艺术，他的内心是饱满的、强大的、蓬蓬勃勃富有生机的。一个具有这样内涵的人，在最热闹的地方，不会张扬；在最孤寂的角落，也不会凋落；在步入人生险峻时，更不会轻易倒下。只要遇逢一丝亮光，就会反射出熠熠光芒。

　　一天夜里，他像往常那样翻来覆去，不能入眠。忽然，耳畔传来了悠扬的鸟鸣，声音清脆明朗，婉转动听。那是夜莺的鸣唱，那声音像久违的

母亲的细语在耳中回响，夜的静谧在歌声里弥漫、流淌，他孤独的心房渐渐充实起来，躁动与忧郁在歌声里慢慢离去。他想象到夜莺一定就站在院子里的一株树上，在引吭歌唱，风拂过它羸弱的身体，星星的微光在它的眼眸中闪烁。

他想：夜莺离不开歌唱，就如同离不开空气，它是用歌声来呼吸的动物。夜莺的歌唱就是有力的呼吸，充满着生命的力度，像妖娆盛开的花朵，芬芳迷人。人们走近了它，那些跳动的呼吸，便会击碎人心灵上的许多东西，譬如尘埃、枷锁、悲哀、懦弱……如今，自己虽然没有了双腿，可还有一个并不残疾的大脑，有一副天赋不差的歌喉，难道不能像夜莺那样用歌声来呼吸、行走吗？

第二天，他开始说话了，他让爷爷找来旧轮胎片，花了一年的时间学会了靠挪动轮胎片，用手支撑身体爬着行走。

1997年，陈州悄悄地离开了爷爷奶奶，凭着记忆，来到浙江嘉兴，在街头找到了曾经打动过他的几个卖艺的残疾人，跟随他们学习唱歌。陈州艰难地从识字、认五线谱一点点自学，靠勤学苦练，他的歌声越来越美，深沉中有着一丝沙哑，阐释着岁月的沧桑，演绎着对生活的坚守。他的歌声越飘越远，越过全国20多个省份、600多个城市，成了著名的流浪歌手，广场、街道、火车站、公园，有人迹的地方就是陈州的舞台。演唱宛然已是陈州的呼吸，他的执着不仅受到了别人的尊重，也让他收获了爱情和家庭，如今他有了一位漂亮、贤淑的太太，还有一双活泼可爱的儿女。

为了激励更多在黑暗中徘徊的人，陈州在唱歌的同时，每年的4月份，他都要登一次山。他登山的工具是两个方形小木箱，双手分别握住木箱的提手，两只手交替着前进，行走过程中完全靠双臂的力量支撑起整个身体。登山过程中，他的手会抽筋，手掌上遍布磨起的泡，那其中的艰辛常人难知，可每次成功登顶后，他会高歌一曲，让每位身临现场的人热血沸腾。这几年来，陈州先后攀登了普陀山、九华山、华山和五台山，他用歌声呼吸和行走的故事感动着越来越多的人。

每个人来到这个世界，要像一颗种子，自己发芽，自己生长，历练时光后做个心灵丰盈的人，像陈州一样，自在地呼吸，顽强地行走，用心去歌唱，如花般绽放。

只要条件具备，每一粒种子都会发芽，每一粒种子都有属于他们自己的生长空间和发展空间。无论是花芽还是草芽，无论是名贵的还是普通的，毕竟那都是一个鲜活的生命，一个可以自由成长的鲜活的生命。

第4编

看那梦想一朵朵飞翔

你放飞了我的梦想，
在蓝天下一朵朵飞翔。
我希望是你手中的风筝，
无论我飞得多远，
你总会拉我回来，
让我不迷路，
让我不孤单。

风的方向

俄国著名化学家罗蒙诺索夫在德国马尔堡大学留学时，非常敬佩施塔尔教授，多次登门拜访求教，可施塔尔教授忙于科学研究，加之性格豪放不羁，罗蒙诺索夫屡吃闭门羹。

一次，施塔尔在《德国科学》杂志发表了一篇化学论文，文中介绍了他的最新研究——从熔炼废渣中回收铁的方法。欧洲的整个化学界都因这一研究成果而兴奋，认为这打开了一扇新的化学研究之门。

罗蒙诺索夫对此也很感兴趣，他研读了论文，拍案叫好。可读了多遍之后，他发现其中一些瑕疵，就将自己的理解写下来，整理成了一篇文章。

这天，他带着写好的文章，又一次拜访施塔尔。与前几次一样，施塔尔待在书房里，没有见他。他很无奈，只好请保姆转交。

多日以后，罗蒙诺索夫已经忘记了给施塔尔递送文章的事情。一天，他正在实验室里工作，他的导师过来，羡慕地对他说："施塔尔教授要你去他的办公室，说有事与你商量。"导师虽然与施塔尔同在一个学校工作，也很难见到他，更不要说能与之说话了。

罗蒙诺索夫来到施塔尔的办公室，看到施塔尔盯着桌上一篇文章，眉头紧皱，面色严峻，那文章就是自己的那篇。他心中忐忑起来，想到文中

还有很多地方没有思考透彻，就冒失地递交给施塔尔，是很不礼貌的。

他站立在施塔尔面前，低下头，像一个做错事的孩子……

几个月后，《德国科学》上发表了一篇罗蒙诺索夫的文章，批评施塔尔是个"故步自封的老人"，并指出从熔炼废渣中回收铁的方法存在的一些错误。这篇文章如投入静水中的一块巨大的石头，掀起了波澜。许多人致电施塔尔，为他鸣不平，并要求他好好教训一下那个说话狂妄、不知天高地厚的罗蒙诺索夫，好让他知道怎么尊重权威、尊重科学。

不料，施塔尔并没有生气，还得意地告诉那些人，罗蒙诺索夫的文章是他修改的，当中批评自己的一些话，是他授意加上的，文章也是他推荐给杂志发表的。他还说，敢于向权威挑战，能提出独特的见解，这样的人是最有前途的，需要大力培养。

从此，罗蒙诺索夫成了施塔尔的学生。施塔尔欣赏罗蒙诺索夫的勇气和才华；而老师的谦逊和博学，也让罗蒙诺索夫十分敬仰。在施塔尔的悉心指导下，罗蒙诺索夫取得了长足的进步，很快成为世界闻名的科学家。

风儿掠过，会带来阴云和暴雨，也会送来鸟语和花香，这取决于风的方向。罗蒙诺索夫结识施塔尔，缘于一颗追求真理之心，这股风吹过的地方自然春光明媚，天朗气清。

追求真理是人的天性。"真善美"中，"真"排在第一位，一切好的东西都是以真为前提的。如果是假的，无论多么善和美，也是伪善、伪美。真的东西，给我们以安全感，它是我们立于不败之地的源泉。

让气球高飞

李安的父亲对孩子们期望值一直很高，可李安却让他伤透了心，李安曾两度高考落第，直到第三年，才侥幸考上艺专影剧科。

读艺专时，李安发现他的人生洞开了新的一面窗，在这里，他看到不一样的风景，原来，人生不是千篇一律地读书、考试，也可以在其他方面尽情发挥自己。他决心在新的领域让父亲引以为荣。在从艺专到大学的十几年时间里，他学芭蕾、写小说、练声乐，甚至是画素描，多方尝试，但直到近30岁了，他还是无所建树。

罗伯特·罗森是一名著名的电影导演，也是李安在纽约大学读硕士时的老师，他对李安的勤奋很欣赏，可又为他找不到方向而焦急。

罗森50岁生日那天，邀请李安等人参加生日宴会。宴会在罗森的纽约豪宅举行，宾主宴后，来到别墅的花园。花园占地很大，里面绿草如茵，鲜花吐蕊。

在宽大的草坪上，停放着一个巨大的黄色氢气球。面对众人不解的目光，罗森说气球是租的，他要乘坐着它鸟瞰纽约。

罗森拍拍李安的肩膀，要他与自己的家人一起乘上气球。李安、罗森、罗森夫人及儿子等4人来到气球边，他们坐上气球，驾驶员开足了马力，气球发出轰鸣，却原地打圈，无法升空。驾驶员说人多超重了，罗森让

自己的夫人下去了。气球再次发动后，还是不能升起，罗森又让儿子下去。

气球第三次发动，徐徐升上了天空。一朵黄色的奇葩绽放在蓝天，李安俯瞰纽约城的全景，头顶白云朵朵，身边清风送爽，感觉特别美妙。

他扭头准备和罗森老师说话，罗森正看着他，清澈的蓝眼眸里盛满了笑意，他说："我和驾驶员早就知道，气球只能乘坐两人，可是我还是要我们四人一起来坐。你知道我的用意吗？"

李安困惑地摇摇头。

罗森接着说："你踌躇满志，树立了太多的目标，就像这个气球装了太多人一样，虽然气球有足够的动力，但是它的承载毕竟有限，所以不能升空，要想腾空而起，只有请一些人下去，即使那些是我生命中重要的一部分！"

李安恍然大悟。回去后，他把计划中所列的目标去掉了许多，只留下做电影导演这一项。两年后，他终于执导拍摄了电影《分界线》，这部电影作为其毕业电影，荣获纽约大学生电影节金奖作品奖及最佳导演奖，他也顺利取得了导演硕士学位。自此，他腾空而起，用一部部电影书写着辉煌。父亲终因他而骄傲。

万事挂怀，会消耗有限的精力。只有删繁就简，确定属于自己的目标，才能让成功的气球高高飞翔。

清人刘大櫆在《论文偶记》中写道："凡文，笔老则简，意真则简，辞切则简，理当则简，味淡则简，气蕴则简，品贵则简，神远而含藏不尽则简，故简为文章尽境。"其实，做人做事亦复如是。洞观古今世事，大凡至善至美的，皆是简单的。

在丘陵深处赏雪

　　这一场雪在暗夜里下得不动声色，早晨一掀起窗帘，看到满世界的莹白时，才知道它姗姗来了。雪花如纷飞的日子，飘飘洒洒地落下，它来自骨髓里的圆滑、老练，散发着历经沧桑的泼辣。

　　在滴水成冰的丘陵深处，看这样的雪是很使人劳累的，它来临的姿态迫使你去猜度它为何而来，能带来些什么。

　　透过四方的窗户远远望去，那雪花大片大片地落下，它不仅阻隔了喧嚣，也阻断了去前方的路。房内涌动着春天般的温暖，我的心还是因着雪的突兀倍感凄凉、寂寞，甚至恐慌。这与欣赏无论如何也是搭不着边际的。

　　点燃一根香烟细细去想，不禁哑然而笑了，气候的变化与人情冷暖一样，是不能全以常理去推测的。自然的万物，譬如这突来的雪，吸引人的地方在于变化莫测，这才是最奇妙和最令人称道的。如果它们都能依照规律丝毫不差地推理出来，那就味同嚼蜡，成了极没意思的事。

　　此时再去看那雪，发觉竟是一件很有意思的事情了。

　　雪终究是雪，它一副羞涩的样子，吞吞吐吐、半推半就地往下飘落。那感觉像极了一个眉目清秀的女孩儿在吃牛排——小心谨慎地下刀、落叉，慢慢地送入口中，然后闭着两片嫣红的薄唇浅浅地咀嚼，贤淑而清

纯。又如一个老汉眯着眼，蹲在暗红的火盆旁边"啪嗒啪嗒"吸着旱烟，烟雾缭绕，闪闪烁烁中深锁着一种特殊的庄严和肃穆，凝重而压迫。天不怕地不怕的。

也许，还有许多骇人的思想正陪着雪被流放而来，和着仇恨的情绪要寒彻这个世界。可是，风将这一切全都改变了。被风吹拂着飞舞的雪花，不再怨毒，看起来是那样快乐。金光耀眼，临空蹈虚，唱啊，跳啊，像是上天专门派下来感动凡人的天使，怡然可爱，清雅动人。唱累了，跳累了，它们便在风的护送下或是化作一片起伏的丘陵、戈壁，或是化作一片清清静静的水纹，无声无息，像是睡着了在做一个甜美的梦。

自然是美的源泉，她崇高而优雅，雄浑而柔和，平稳而热烈，包容了世间苦痛，孕育着辉煌文明。欣赏大自然亘古如新的美丽，心就会长出翅膀，飞向越发深远的地方……自然是美的，但欣赏自然，还要有一颗闲散、纯净的心。

倾听蛋壳破碎的声音

1992年春天的一个傍晚，教完了武术的李践，走出武馆。4月的昆明，天气闷热，李践又渴又饿，他到路边准备喝瓶啤酒。一个漂亮的姑娘，抱着一大沓广告，看到他过来，递给他一张。这是李践头疼的事情：接吧，路边几乎每隔几米，就有发广告的，这样还没有回到家，手里就一大堆花花绿绿的广告了；不接吧，那些散发广告的站在路边，风吹日晒，是多么不易？

晚上回家，李践还在想着这件事。他想到企业用各种方式做广告，可是无论是散发小广告、在路边竖立广告牌，还是花巨资在公交车或者电视台播放广告，都难以得到消费者的高度关注。广告投放不能带来良好回报，这其中不就蕴含着巨大的市场吗？他大学毕业后，一直想不出好的创业办法，创办广告公司，或许是个不错的选择。

李践决定去钻研广告业务，他每天晚上都读书读到很晚。一天深夜，李践看资料饿了，他拿出白天煮好的鸡蛋。剥蛋壳时，蛋壳发出窸窸窣窣的响声，碎屑纷纷掉落到桌子上。看着掉下来的蛋壳，忽然他灵光一现：路边的小广告可以看都不看就随手扔掉，公交车上、电视上的广告可以完全忽视，可谁食用鸡蛋前，能够不看一眼鸡蛋呢？也就是

说，只要在鸡蛋上印上广告，那么广告被看到的机会就是百分之百了。

经精心筹备，1992年11月28日，李践的风驰广告集团正式成立，公司有一个重要的部门"绿色广告部"，专门做鸡蛋广告。

李践的第一笔业务是和昆明当地的一家服装厂做的。那服装厂的老总是一个精明的青年人，他在和李践初步交流后，对做鸡蛋广告的这个创意很感兴趣，决定一次性投入2万元，让李践给做20万个鸡蛋广告，鸡蛋由服装厂供给、销售。

一周后，第一批5万个鸡蛋广告投放到昆明最大的一家农贸市场，为保证能够售出，售价比普通鸡蛋的价格稍低。但李践对此还是很担心，因为市场毕竟是市场，它很多时候是不以商家的意志改变的。李践待在办公室里，等着公司员工的电话。中午，电话响了，他很紧张，颤抖着拿起电话。电话里传来好消息，说鸡蛋广告销售一空。

又过了几天，李践得到服装厂老总的消息，说服装厂的订单在逐渐增多。李践的第一炮终于打响！很快，这种新奇的鸡蛋广告就成了昆明街头热议的对象，各路媒体也纷纷跟踪报道，购买鸡蛋广告的订单像雪片一样飞来。

李践依靠着在鸡蛋上打广告，赢得了第一桶金。在一年的时间里，风驰广告集团的资本增加了5倍，由20万元，增至150多万元。此后短短的三年里，风驰广告飞速发展，1995年被评为中国广告"50家最大广告公司"。2010年风驰资产评估已达2.6亿元。2011年被国家科技部认定为"全国重点高新技术企业"。

机会对于任何人都是平等的，谁为机会的来临做好了准备，便有了高人一筹的洞见力，在寻常不过的春花秋月、日升日落中，都可以有新的发现，甚至就是那轻微的蛋壳破碎声，也会让他得到启示，从而找到成功的金钥匙。

　　人的一生中总有许多成功的机遇，但是大多数人却没有成功，因为他们不愿付出代价。只有那些努力奋斗，一见机遇就紧追不舍，并把它的潜能发挥到最大值的人，才能获得命运之神的垂青。

空难谜团

1981年2月7日下午。半小时后，飞机就将起飞。

远处雪山皑皑，阳光下，飞行员安东·伊尤欣中校站在飞机旁，眯缝着眼睛，看着忙碌的士兵们向机舱里搬运货物，货物中既有紧俏物资，也有为这次联合指挥演习携带的绘图仪、标尺和大量作战海图，它们都属保密物资，由厚重的大铁箱封装。此外，几吨重的优质印刷纸，也被装进飞机。

飞机起飞了，到50米高度时，遭遇强大的侧翼气流。为克服这股气流，安东·伊尤欣像往常一样，将飞机向右侧气流压去，飞机却顿时像断线的风筝向地面栽去。安东·伊尤欣惊慌之下没有留下任何话语，黑匣子中只留下了导航员最后惊慌失措的声音："该死的，去哪儿？！"

飞机撞击地面，巨大的爆炸声响起，一切幸存成为神话。飞机从起飞升空到爆炸仅用时8秒。

这次事故造成56人遇难，其中包括苏联太平洋舰队司令在内的16名顶尖军事人才。太平洋舰队有着辉煌历史，在经历了这次打击后，长时间一蹶不振，舰队陷入有史以来的最低谷。

太平洋舰队的专机性能优良，在此之前从未出现过事故。而且，这次驾机的安东·伊尤欣是名优秀飞行员，这更让事故匪夷所思。

　　为解开谜团，苏联当局成立了特别调查小组展开调查，从恐怖袭击到技术故障，各种可能性都在排查之列，没想到原因竟是安东·伊尤欣没有站好最后一班岗。

　　还有两天，安东·伊尤欣将退役。而这次乘客中有大批将领，他们掌握着安东·伊尤欣今后命运，他不想因烦琐的程序给他们造成不好的影响，为了此生"平安"着陆，他没按规定检查机舱内货物装载情况，造成飞机超载飞行。

　　往往丝毫的松懈，就让一切辉煌不复存在。

　　无论我们做什么，开始要谨慎，结束的时候同样要谨慎，好的开始是成功的一半，因为好的开始是你打下的基础，以后发展就更容易了。但是仅有好的开始是不够的，需慎始慎终，事情才能够圆满完成，人生要这样自我要求。

灾难是握在掌心的雪

1945年9月，二战硝烟散去，战争胜利了，但莫斯科仍笼罩在阴云里。很多家庭失去亲人，很多人在战争中致残，这些就像城里被摧毁的建筑，面目狰狞，勾起人们痛苦的回忆。

15岁的伊万，是一个平民家的孩子，他才华出众，小小年纪已发表了多篇文章。他11岁时，在敌人的一次空袭中，不幸受伤，性命保住了，却失去右手。今年他读中学了，步入青春期的他，面对老师、同学们怜悯的目光，觉察到自己与众不同，活泼的他好似变了个人，整天沉默寡言，如同一块坚硬的生铁。

罗果娃是伊万的老师，这个周末，她交给伊万一张采访证明，布置了一项特别的作业，要他周日去参观一次现场绘画比赛，并要对参加比赛的人进行采访，写成文章。

周日上午，伊万一早就来到比赛现场——红场，这里已聚集了很多人，在广场中央，有50多人正在作画。只见那些人中，有失去一条胳膊，用一只手作画的；有失去双腿，挂着拐杖，却用宽大的油画笔挥毫的；还有失去双臂，或用嘴巴叼着笔，或用脚趾夹着笔画画的……有老人、青年、少年，甚至还有几岁的孩子。

伊万向工作人员出示了采访证明，被同意可以进入场地采访。他步入

作画的人群中，一幅幅不同风格的画卷跃入了他的眼帘。

忽然，一幅画让伊万步子慢了下来。作画的是一位中年人，他的脸上布满了伤疤，只有一条腿。他画的是战事结束后的沙场：一轮明月高悬夜空，透过还未散去的硝烟，露出明丽的脸颊。月光下，几名战士在篝火旁聊天，一名小战士靠近篝火，在读一本书，书上的内容大概非常有趣，他正咧嘴微笑着。

伊万采访了中年人，得知中年人是名画家，曾参加过莫斯科保卫战，画面上的内容是他亲身经历的。

最令伊万震惊的是一个姑娘，她比伊万大不了几岁，身材高挑，面容清秀，特别是她的眼睛，蓝得如同纯净的宝石，美丽极了。如果不是刻意去观察她，根本看不出她有残疾。她的双手十根手指都没有了，只有两截断掌。她用两截断掌，夹着一支铅笔，画一幅素描。画面上一头阿穆尔虎威风凛凛，在冰天雪地里仰天长啸，惟妙惟肖，栩栩如生。

姑娘非常健谈，她热情地告诉伊万，她很喜欢研究动物，特别是俄罗斯的珍稀动物，如阿穆尔虎、远东豹等。为了近距离观察到它们，她央求动物学家爸爸带他去山地林区寻访它们的足迹。在寻访的过程中，他们没有被凶猛的野兽伤害，却在一天遇到了几个德国兵，德国兵扔来一颗手雷，爸爸生命逝去，她死里逃生，失去了十根手指。说完，她举起自己的手掌，笑着说："现在我经常去观察野生动物，有天堂里爸爸的庇佑，我没事。虽然没有手，但我还有生命，腿也好好的，能疾步行走。而且，经历了生死离别，我的性格更沉静了，原先我根本坐不住，现在可以了，我这画画的技巧，就是出事后学习的。"

参观了绘画比赛后，伊万被深深震撼了，想到自己受到的那点伤，和这些人比起来，简直微不足道。他心头的阴霾一扫而空，回家后，他很快写了篇文章，交给了罗果娃老师。

不久，发行量很大的《新闻报》发表了署名伊万的文章，在文章的结

尾处有这样的一段文字："灾难与战争会引来灭顶之灾，带来不堪回首的记忆。但是，它们就像是握在掌心的雪，在生命之火的包围里，会迅速消融，不见痕迹。对生活的热爱、对美好的追求，就是我们生命之火生生不息的源头。"

伊万的这篇文章深受人们喜爱，大家纷纷给他来信，和他谈读后的感受。莫斯科的天空里，由此多了一份亮色。

灾难检验着人性。面对灾难，人们谈虎色变、怨天尤人、灰心丧气？还是勇敢直面、战而胜之？潘多拉盒子终究没有封死人们求生、贵生的美丽希望。我们只有经过灾难，才能够得到一份教训、一套经验，每战胜一次灾难，便能够看到一缕灿烂的光明。

种 桃

一天下班后，我看到邻居家那个小男孩吃过桃子后把桃核埋在一个装满土的花盆里，便问："你把桃核埋在花盆里干什么？"

"我想种出桃子来。"他头都不抬地回答。

"可桃树是用桃枝插栽的呀，你这样种不出来。"

"老师说过，我知道。"

"那你干吗还这样？"

"种桃子偏要用桃枝吗？我想试试！"孩子抬起头，眼里是满满的希望。

此后的几天，总看见男孩在为他种下的桃核浇水，然后就蹲在花盆前发呆，眼中尽是渴盼。其他的小孩叫他去玩，他理也不理。显然，他沉浸在他的希冀中。

男孩爸爸是几天后才发现男孩的异常的。这天，家里的盐用完了，男孩正蹲在门外，叫他买盐，连叫了几声，也没人应。爸爸出去一看，发现男孩呆呆地蹲在花盆前，便说："你蹲在这里干啥？叫你几声都听不见！买盐去！"说罢，便递钱给了孩子。

男孩去了很久，还没回来，爸爸慌了，忙出去找寻。一出去，就看见

孩子还蹲在那个花盆前，手里捏着他给的钱。

孩子的爸爸生气了，过去一把扯着孩子的手，斥责道："你怎么搞的？叫你去买盐，你还赖在这儿？"

孩子的心还落在花盆里，桃核种进去很久了，还没发芽，孩子有些失望了，他说："我在想这桃核怎么还不发芽。"

孩子的爸爸听了，越发生气了，大声说："以前就跟你说过桃子是怎么来的，你真是没长记性。"说罢重重打了孩子一个耳光，举起花盆，把它摔破了。

地上一片狼藉，散布着碎陶片，孩子哭了。

孩子沉默了几天，恢复了往日的活泼，又开始和院子里的小孩一起玩。

又过了几天，也是在下班的时候，我看见院子里的一个女孩吃桃子时也把桃核埋在花盆里。我刚想告诉她桃核长不出桃子，就看到那男孩子走了过去，对女孩说："囡囡，你怎么老把桃核埋在花盆里？"

"我想种出桃子来。"

"种桃子要用桃枝插栽，你这样种不出的。"

"知道。"

"那你干吗还这样？"

"种桃子非要用桃枝吗？我想试试！"女孩抬起头，眼里涨满了希望。

孩子说："真的，你这样做没用，我以前也这样做过，没用的。"

"你每天浇水了吗？"

男孩点点头，张开嘴，还想说些什么，但什么也没说就跑回屋了。

几天后，女孩的花盆里居然长出细细的桃枝来，女孩开心极了。我看见她把院子里的小孩都叫去看，也叫了男孩。但男孩没去，男孩在一群孩子围着花盆看时，一个人躲在一边流泪了。

我看见男孩流泪，走过去，我说："你怎么在这里流泪？"

男孩说："桃枝是女孩的爸爸插下去的，我看见了。"

男孩呜呜地哭着，又说："她爸爸真好！"

在人的成长过程中，必然会犯下许许多多的错误，如何来面对错误是需要智慧的。如果求全责备，便会自我封闭、消极抵抗。如果能宽容忍耐，结果会带来成长的机会，这就叫"吃一堑，长一智"。

第5编

满面从容，岁月悠长

策马啸西风，荣辱功名。

几重山河却氤氲，

总也伥惚，何须伥惚？

停车爱枫林，寒山石径。

行云流水夕相照，

只念静好，莫不静好？

不妨做晚成熟的果子

儿子已读高中了，可还是像小时候一样天真、调皮、贪玩，成绩很差，我苦闷异常。

我的对门住着一位教授，待人和蔼，脸上总是浮现着微笑。他刚刚从大学里退休，主要研究教育理论，著述颇丰。

这天，我登门向他请教如何教育孩子。他热情地接待了我，听我叙述了儿子的情况后，他沉吟了片刻，对我说了一个故事。

他说他年轻时，曾在一所中学任教。他教的是一个复读班，班里都是些成绩很差的学生，他们有的经历过数次高考失利，非常自卑，对人生很迷惘。他为此很着急。

他的居所附近有一片果园，他常常到果园边散步。一个深秋的傍晚，他又散步到那里。昨日还是果实累累，今天已被果农收摘了。夕阳斜洒在果树的枝杈和叶片上，安详而美好。

他欣赏着美景，忽然在一片较为浓密的树叶间，发现一只苹果。那苹果挂得并不高，外皮光滑红润，果实大而圆，看来是果农采摘时，被树叶遮挡了视线，没有看到。他想摘下苹果，可是一番犹豫后，决定还是不去动它，他想看看，一只苹果在没有人采摘的情况下，到底会挂枝多久。

日子在波澜不惊中，缓缓地过去。转眼到了严冬，一天他去看苹果

时，却发现它已不在枝头，它静静地躺在树下的枯叶中，在满地金黄的树叶里。它圆润而饱满，色泽艳丽红润。他捡起苹果，将苹果带回家，放到书房里。

一个月又过去了，一天，他回家，看到女儿正在切那个苹果。他不禁大怒，女儿委屈地说，看到那个苹果放了很多天，怕烂了可惜了。苹果已被切开，果核是健康的黑褐色，果肉白生生的，散发出浓浓的香气。他品尝了一块，很甜。他没有给女儿吃，而是收了起来。

下午，他将那切开的苹果带到学校。上课了，在教室里，他拿出苹果，告诉了学生它的来历，然后他把苹果切成一小块一小块的，给每个学生发了一块，让学生吃下苹果。学生们吃了后，都说这苹果是他们吃到的最好吃的苹果。

待学生安静后，他朗朗说道："只要果核没坏，不妨做晚成熟的果子，因为它经历了春雨的沐浴、夏阳的蒸熏、秋霜的打磨、冬雪的洗礼，历练时光后，它最坚强，最不容易腐烂！"他看到学生空洞的眼眸变得熠熠生辉。

也就是从那天起，我不再为儿子不懂事而烦恼，他或许就是那只最后成熟的苹果，我的心内敛而沉静起来。

坐在阳光下，悠闲地享受生活的宁静，望着镜中的自己，给自己一个最美的微笑。依偎在浅浅的思绪里，淡看往来人群。不听世界的嘈杂，不沾红尘的俗念，只用心聆听沉寂在心底的天籁之音，铭记此刻的春暖花开，即使快乐只有一分一秒，也记得这是从容的味道。

职场也需减速带

表弟聪颖异常，读书时成绩优秀，小学、重点中学，一直到全国知名的大学，他闲庭信步般一一走过。大学毕业，他到美国读了硕士，回国后到某家外企任职，凭着扎实的专业知识和对国际市场的了解，一年后，顺利升迁为重要部门的经理。

一次，在做一笔生意时，他大意失荆州，看错条款，使公司遭受巨大的损失。老板暴跳如雷，把他由部门经理贬为普通员工。他从云端落到谷底，情绪低落，失去了生活、工作的热忱。姨夫、姨母不在他的身边，得知情况后焦虑万分，要我解开他的心结。

我用QQ与之交谈，他的QQ签名为："请告诉我，我该用怎样的姿态迎接幸福？"在QQ中，他说处世艰难，举步维艰，苦闷情绪溢于言表。我虽百般劝说，也无效果。

这天，我刚打开QQ，便看到他给我的留言，是一张笑脸。我非常诧异，问他遇到了什么高兴的事情。他告诉我，前一日傍晚，他散步来到小区门口，看到门前的公路上新增了两条减速带。过去，这里常常发生车祸，如今有了减速带后，车速自然减慢，安全系数大大增加。我说，这的确不错，可值得你如此高兴吗？

他说，由此他想到了自己，原先他一直一帆风顺，这让他高估了自

身，认为自己无所不能，这是造成低级失误的祸首。现在遇到的挫折，像那减速带，让他步子慢了下来，有了反思的机会，多了认清自己的时间。

此后，表弟恢复了常态，他注意向其他员工学习，向书本学习，对工作多了一份细心，多了一份执着，不久就又被委以重任，深受公司的器重。

职场难免遭遇挫折，就像晴朗的天空有时会飘过阴云、飞掠强劲的风雨。可如果对它们有冷静的态度，把它们当作减速带，让清冽的风冷却一下发热的头脑，让滂沱的雨刺激一下混乱的思想，减慢前行的速度，环顾周围的风景，矫正弯曲的路线，或许会避免很多失误，收获甜美的果实。

处在争先恐后的浮嚣尘世里，我们不要只顾手忙脚乱地往前飞奔。"水流心不竞"，有时将脚步放慢一点，温习另一个久违的世界，我们会渐渐地平静，甚至大彻大悟。

别弄丢了自己

　　深秋的一个傍晚，哥伦比亚大学的吉姆·罗杰斯教授上完最后一节课，驾驶汽车向家驶去。橘红色的夕阳洒落在街道边的景物上，熟悉而陌生。

　　车驶出闹市，再有几公里就是他的家了。他喜欢安静，在郊区买了一栋别墅。

　　转过一个弯，车头朝向西边。在黛青色的天幕下，一轮夕阳正向山下慢慢滑落，像举行着一个庄严的仪式。忽然，一股悲怆情绪弥漫开来，充溢了他的整个胸腔。这情绪来得突然，不知不觉击中了他，让他不知所措。

　　罗杰斯是移民后代，家境贫穷，他少时的梦想就是成为一个富翁。大学毕业后，他用100美元作为启动基金，从推销花生烘烤机起步，开始创业。30岁后，他创立了量子基金，短短几年便坐拥千万财富。

　　35岁，他接受了哥伦比亚大学的邀请，离开量子基金，到大学讲授金融学。讲学之余，他整理出版了投资经验，在金融界掀起了一场精神风暴。

　　在拥有了梦寐以求的金钱和名誉后，今天面对落日，却迷惘而悲凉，这让他不得其解。一连几天，他都被这种情绪左右，无精打采。

这天，他在校园里散步。人工湖旁，有个小女孩正在专心作画，他被小女孩的画吸引住了，不禁驻足观看。女孩的画构图简练，却色彩缤纷：一片树林里，金黄的落叶铺满小径，稀疏的树枝上，瓦蓝的天空一片澄澈。

画完景物，小女孩扑闪着大眼睛，思忖片刻，又在小径上画上了两个人物，那两个人手牵着手，非常亲密，是一对恩爱的夫妻。

罗杰斯为小女孩鼓起了掌。可小女孩似乎并不高兴，她抬头看了罗杰斯一眼，摇着头说："我总感觉这张画并不完美，似乎缺少了什么。"

小女孩目光投向湖面，那里波光潋滟，小女孩的神情也随着水波发生着变化。忽然，她飞快地运起画笔，在那对夫妻的前面画了一个女孩，那女孩眼睛大大的，容颜俏丽，正是她自己。

画完后，她甜甜地笑了，对罗杰斯说："现在真的完美了，现在画上不仅有爸爸、妈妈，还有我了。"

小女孩的话像一道闪电，映亮了罗杰斯忧郁的脸庞。他想到，原来困扰他多日的问题，是他弄丢了自己啊！

这些年来，为得到金钱和地位，他大多时候身陷事务的泥潭，为了生活而生活，为了工作而工作。他向往大自然，向往与最亲近的人时刻待在一起，可是总因事务缠身，不能遂愿。

第二天，罗杰斯向哥伦比亚大学辞去了工作，与他的夫人踏上环游世界之旅。他两次环游世界，第一次去50多个国家，花了近两年时间；第二次历时三年，途经116个国家，打破了吉尼斯世界纪录。

他每到一个地方，都尽量和当地人同吃同住，用他们的生活方式体会他们的生活，从中学到很多很多东西，还发现很多投资机会，积累了更多财富。此外，他和夫人的环球旅行还有两个成果，一个是旅行手记正式出版，另一个就是在他50岁时，女儿降临人世，让他体味到作为父亲的快乐。

　　他曾在《华盛顿邮报》上撰文，告诉人们他环游世界的原因，在文章的结尾处，他写道："在喧嚣的世界里，别弄丢了自我，听从心灵的召唤，做真实的自己，才是最美妙的事情。"

　　丢失了自己，应该是说丢掉了自己的灵魂，这是一件可怕的事情，因为灵魂的缺失会导致自我的混乱，自己将不知道自己要做什么，自己应该做什么，自己能够做什么，以及如何去做。这些问题一旦想不明白，内在的自我与外在的环境就不会宁静。

给心灵一片空地

生活的重负、工作的艰辛，让我们很多时候心力交瘁。心灵就如同一个繁忙的码头，熙熙攘攘，难得休憩。

人生苦短，我们不妨给心灵一个休闲的空间。如今，有个新词"第三地"很流行，意思是：人们日常生活中除家庭和工作场所外，第三个经常光顾之处。人们可以在这里休整心灵、遣怀消愁。

"第三地"的流行也许与现在人们"三分式"的生活状态有关，人的时间被分割为工作、休息、生活三块，人的关系分为亲人、同事、朋友三种，所以，人的活动场所也就随之分为家庭、办公室和"第三地"。越来越多的人开始寻觅属于自己的"第三地"。

我的身边已经有许多这样的朋友和同事，比如同事琼，写字楼里的高级白领，单身，没有家室之劳，有大量的时间在她自己喜欢的第三地流连。

那是一间幽雅的茶室，她喜欢那里古朴的布置，喜欢那里的人的温文尔雅、谈吐不俗。她有时还会约上三两好友，去那里聊天喝茶，心情放松，所有工作、生活中的苦闷化为茶室里流动的音符，不见踪迹了。

　　我的好友有志，结婚七年了，他是一家咖啡厅的忠实顾客，他说那里气氛沉静，咖啡香浓，在那里有的是心灵放松的愉悦，多的是结识新朋的欣喜。

　　他还帮自己的妻子寻觅了一个很好的修养身心的处所——一家瑜伽俱乐部，在他看来，女人在步入三十岁之后，越发要注意身心的健康和愉快，而练习瑜伽，则可以达到这样的目的。他还窃笑着告诉我，"七年之痒"现象在他们夫妻之间根本没有。

　　我想，他们夫妻都有属于自己的空间，避免了天天待在一起看厌倦的时候，他是给自己的婚姻加了一层别致的保鲜膜啊！

　　我的一个同事，他的"第三地"更绝，它不是公园、酒吧、茶室这些真实的地方，而是网络上的各种论坛，他说那里虽然是一个虚拟的空间，但同样可以发布帖子，可以对着网络另一端的同学、朋友甚至素不相识的人倾诉，他还常常到热情的反馈，在这里他的情绪得到了宣泄，化解了很多难言的苦恼与郁闷。

　　心理学研究表明，我们除了工作和生活，除了肩负的义务和应尽责任，每个人都需要一个空间来稀释累和痛、烦与忧，这样方能更好地体现出忘我工作和生活的价值，它代表了一个人对生命和生活的热爱和珍惜。

　　"第三地"，一个温馨的地方，在这里情怀得以展示，品位得到体现，心灵的脆弱花朵得到了呵护。它在哪里似乎并不是最重要的，它或许就是你常常徜徉的一条街道，或许是夜深时一处斑斓的灯火，或许是一个偏僻的角落，它还可以安放在你的心里，可以在你喜爱的书籍中，在你熟悉的乐曲里……

　　让我们去找寻属于自己的"第三地"，在这里静静地呼吸甜美的空气，看人生的花开花落，让情感如兰花般绽放，心灵如绿树般常青。

　　拥有一个属于自己的空间，把自己彻底地释放，哭、笑、疯、癫……

没人会笑；拥有一个属于自己的空间，把不想翻晒的记忆封藏；拥有一个属于自己的空间，把幸福的记忆收藏。拥有一个属于自己的空间，去感受世界的美好。

做一颗蒲公英的种子

1943年5月9日，路易斯·赞佩里尼驾驶着一架美制B-24型轰炸机执行任务，与他同机的还有10名战友。

飞机飞到太平洋上空，忽然遭遇一股气流，飞机颠簸起来，赞佩里尼努力控着操纵杆。这股气流中含有大量冷空气，不久，飞机的翅膀结冰了，像一只断翅的鸟，急速地向浩瀚的大海坠落。

当时轰炸机技术还未成熟，即使是训练，机上人员也有很大的危险，二战期间，美国共有1.5万名陆军航空队队员死于训练飞行。所以入伍伊始，别人在为飞向蓝天而躁动，赞佩里尼却遵从一位老兵的教诲，练习着大多数人忽略的跳伞、逃生的技巧。在长官眼中，他是一个不合群的人；在队友眼中，他是一个胆小怕死的人，即便是以往的朋友也不再看得起他，逐渐疏远他。

但此时，平时的训练派上了用场，面临危险，赞佩里尼没有惊慌失措，他冷静地指挥着机组人员先将机上携带的救生艇抛入大海，在离海面400米的上空，他命令全体人员跳伞逃生。在众人都跳下飞机后，他也背着降落伞跳向大海。

5月，海水依旧冰冷刺骨，有几个水性不好的队员挣扎了一番后沉入了大海，还有几人大概抽筋了，很快也不见了身影。赞佩里尼在冰冷的海

水中，与风浪搏斗了很久，最终精疲力竭地爬上了救生艇，与他一同脱险的还有另外两人。

救生艇上储物有限，仅有几块巧克力、几把螺丝刀和钳子。3人开始在海上漂流，与鲨鱼周旋，渴了喝收集的雨水，饿了就捕捉海鸟来吃。

第33天，一个战友病重死去，赞佩里尼与另一名战友在漂流47天后抵达马绍尔群岛，被日军一艘小艇发现，带上了岸。

这两名美国大兵起初受到的待遇还算不错，可是在接下来两年多时间里，遭受到非人的折磨，他们被押运到日本本土，在战俘营饱受肉体虐待和精神摧残。

赞佩里尼的遭遇尤其悲惨，他受到变态看守渡边睦弘的"特别关照"。渡边睦弘绰号"鸟"。二战结束后，在罪大恶极的战犯名单中，他排名第七。

渡边强迫赞佩里尼在广播中宣传反美口号，遭到拒绝后，采取种种非人手段残害赞佩里尼，用皮带扣扇他耳光，强迫他在粪便堆上做俯卧撑。

很多同在战俘营的战友，在遭受折磨后，选择自尽来结束生命。而赞佩里尼没有放弃对生命的坚守，他咬牙忍受着痛苦，甚至和难友一起策划刺杀渡边。

二战结束后，赞佩里尼回到加州老家，重新过上了正常人的生活。

2003年，86岁的赞佩里尼应邀到一所飞行学校演讲，在演讲即将结束时，他语重心长地说："能不能飞起来，能飞多高、多远，更多的在于飞机的性能，而不在于我本人；但是，一旦失去了飞机，从空中能不能安全地降落到地面，并努力存活下去，这就要靠自己的本领和意志了，跟运气没多大关系。我们都看过蒲公英，每到秋天，它们的种子便会漫天飞舞，那每一颗种子都意味着一个生命，所以，无论落到了哪里，它们都不会放弃生存的念头，努力地生根、发芽、开花……"人们将热烈的掌声长时间地送给他。

　　每个人在自己的天空里，都梦想着飞得更高、更快、更远。但人生不可能总是在飞，终有一天会落下，在降落后，做一颗蒲公英的种子吧，富于生存智慧，拥有求生技巧，学会隐忍坚持！

　　生存，看似两个普通的字眼，却蕴含无数深刻的哲理：广阔草原上，奔腾的白羊摆脱着灰狼的追赶；北极雪地下，游动的小鱼摆脱着海鸥的侵袭；而在现实生活中，我们也要学会生存。阿斯图里亚斯在《玉米人》里曾说过："只有勇敢镇定的人，才能熬过黑暗，迎来光明。"

1元与100元

2010年7月的一天，李嘉诚还在午睡，接到公司电话，说有要事必须经他处理。他立刻洗漱好，健步走出家门。来到车旁，秘书像往常一样，为他打开车门，他弯腰上车，上衣口袋里落下一枚钱币。在正午的阳光下，钱币熠熠闪烁着光，在水泥地上一路翻滚后，掉落到路边沟渠的井盖下。

李嘉诚来到井盖旁，钱币已看不到了。他脸上露出焦急的神色，对秘书说："我先去上班，你就在这里，快请人来找到钱币。"

秘书意识到这枚钱币一定很特殊，待李嘉诚上车走后，就自己动手，揭开了井盖，下到污水井里，忍受着恶臭，找了很长时间，终于找到了钱币。他将钱币清洗干净，仔细观察，结果让他瞠目，那只是一枚普通的1元港币。

秘书百思不得其解，但不敢怠慢，立刻赶到公司，将钱币送给了李嘉诚。李嘉诚看到硬币，脸上露出了欣慰的笑容，在听了秘书寻找的过程后，对其大加赞赏，从兜里取出一张100元，说："你辛苦了，这是你的辛苦所得。"

秘书推辞不要，可最终没有拗过李嘉诚，只好收下。他问李嘉诚：

"这枚钱币看似平常，难道对您有什么特殊的意义吗？"

"这是我昨天买报纸找回的零钱，的确只是一枚普通的硬币。"李嘉诚说，"一枚硬币也是财富，如果忽视了它，任其掉落，不去寻找，那是没有财富观念，慢慢地财神会离你而去。"

秘书仍一头雾水："可您却为此付出了100元的代价啊，这值得吗？"

李嘉诚郑重地说："钱，可以使用出去，但是万万不能浪费。"

金钱是使用的，不是浪费的，多么精辟的论断！

正是秉承这样的理念，李嘉诚生活简朴，在公司上班，他和员工一样吃工作餐；到工地巡视，和工人一样吃大众盒饭。公司接待客人，他一般不带入高级饭店，就在公司食堂就餐，只是比平时多几样冷盆炒菜而已。他平时穿的是普通的西装，不是名牌定制的名牌西服。手上戴的手表，绝对不是什么西铁城、劳力士、雷达表，而是普通得不能再普通的塑料电子表。脚上穿的鞋子，更不是什么鳄鱼皮鞋，而是自由市场上随便可以买到的黑色胶鞋。

可他在认为值得花钱的地方，慷慨无比：自1980年创立李嘉诚基金会以来，他已向其捐出145亿港元，来做公益事业。他将基金会视作第三个儿子。

正确的财富观念，让李嘉诚事业蒸蒸日上，坐拥大笔财富，却不遭人诟病。

人们说：一山一水，一花一影。山的高伟，决定了水的幽深；花的绮丽，决定了影子的迷离。而人的发展，取决于是否拥有豁达的心胸、雄健的胆魄和渊博的学识，也即是否具有思想的高度。1元与100元的故事，恰恰给了我们这样的启迪。

人的思想高度离不开知识的陶冶，胸无点墨的人是不可能拥有思想高

度的。当人有了知识，还要培养品位，品位是生活态度。人可以不美丽可以没钱，但不能没品位。拥有了知识和品位，自然就拥有了思想的高度，自然会让你的为人处世高人一筹。

一文不值的尊严

　　这年9月，牛津大学的布鲁奇诺斯学院，又开始了新一届的学生会主席选举。艾伦和丹尼斯二人因成绩优异，多才多艺，在选举中势均力敌，不相上下。

　　为了赢取选举胜利，丹尼斯经过较为细密的调查，有一天向外界宣称：艾伦在伊顿公学读书期间，为了赚钱享乐，在同学中间贩卖大麻，曾受处分。

　　这像一颗炮弹落入平静的河面，立刻引起了轩然大波。艾伦形象一落千丈，支持他的同学纷纷后悔自己竟是毒品贩子的拥趸。

　　第二天，艾伦在学院召开了发布会，说当年确实因年少好奇，在伊顿公学读书时吸食过大麻，学校为此关了他一星期的禁闭，还罚他抄1000行拉丁诗文。

　　但他同时发誓，没有贩卖过大麻。他当众要求丹尼斯：如果他没有贩卖过大麻，丹尼斯要当着学院全体师生的面向他道歉，恢复他的名誉；而如果能拿出确凿证据证明他贩卖过大麻，他将放弃选举，并自动离开牛津大学。丹尼斯当着众人的面，答应了这个要求。

　　后来，伊顿公学当年的学校领导和众多师生证明，艾伦仅仅是因为好

奇而吸食过大麻，并没有贩卖给同学。当年的校长在证词中写道："倘若他贩卖大麻，他受到的处罚就是被学校开除，我们还会给他继续求学的机会吗？"

真相大白，艾伦自然要丹尼斯兑现诺言：当着学院全体师生的面公开道歉。丹尼斯自尊心极强，他自知理亏，私下多次找到艾伦道歉，请他撤回要自己公开道歉的要求。艾伦却没有答应，坚持要他兑现诺言，觉得只有这样，才能找回丢失的尊严，挽回声誉。

丹尼斯为了面子，做出了退学的决定。这天，他收拾好行李，告别了好友，来到了车站准备回家。

艾伦听说后，赶到车站，在熙攘的人流中找到了丹尼斯。丹尼斯以为他是来讨说法的，说："你不可能把我带回去，我不会公开道歉的。你就骂我是不守信用的骗子吧。"艾伦一脸真诚："我不是来让你回去道歉的，我只是劝你留下来读书。

我岂能为了那点微不足道的尊严，让你这样杰出的人完成不了学业，让牛津少了一个优秀的毕业生？如果那样，我反而成罪人了。"丹尼斯听了，激动而羞愧，他紧紧地拥抱住了艾伦。

回到学院后，艾伦没再要求丹尼斯公开道歉，但受这件事的影响，他们都落选了，可是他们从此结下了深厚的友谊，在生活中成了最知心的朋友。

事后，也曾有同学问艾伦对这件事的看法，他轻描淡写地说："这没有什么，尊严无价，但同友谊和爱相比，它一文不值。"

生活的道路固然不是平平坦坦，每天的日子固然是平平凡凡，但是，既然选择要摘取天山的雪莲，既然下决心要翻过荒无人烟的高山，既然下决心要和你建立永久的友谊，那么，通向我们友谊历程的艰难，就像站在泰山山顶看山脚下那袅袅的青烟。

在这个时候，你可不要为生活的坎坷和朋友之间的琐事而怅惘，因为那些坎坷和琐事本是人生海边七彩的小贝壳。你应该想法去克服我们友谊路上的障碍，开辟未来的路。

第6编

在转角遇见最美的你

寻寻觅觅，觅觅寻寻，

终于看到了你的笑脸，

你的白衬衫洋溢着阳光的味道。

我说，遇见你真好，

你说，其实我一直在这个转角。

通向天堂的梯子

　　一次野外训练时，他右腿致残，部队给他在城里安排了工作，可他辞退工作，回到了家乡，那里有他的妻子和孩子。

　　命运喜欢和一些人开着不好玩的玩笑，他回乡后不久，妻子在一次外出时，遭遇车祸去世，他的天塌了。嗷嗷待哺的一对儿女，让他决心独自撑起一个家。他手巧，不久后掌握了修鞋的本领，无论是皮鞋，还是拖鞋，到他手里都修得结结实实，宛若新的。他的鞋摊在小镇的一个角落里，虽不起眼，却顾客盈门。

　　几千个日子从他手上溜走，他用手缝补起来的生活虽不滋润，却也有咸有淡。两个孩子是他的天堂，劳累了一天回来，看到儿女在院子里做作业的身影，听到他们的琅琅书声，那屋子便显得圣洁而安详。

　　孩子们走出了小镇，像鸟一样飞到了都市里。他多么希望他们是候鸟，每年能飞回来看看他。可是他们不能，只是偶尔回来，待不到两天就急急地走了，淡出了他的视野。寂寞像老钟，在静寂的夜晚，嘀嘀嗒嗒地穿过他的胸膛，他的世界一片静默。

　　她是哪里人，怎么到这里的，没有人知道。她是个疯女人，头发蓬乱，衣衫褴褛。她经常在他鞋摊前走来走去，可是他没有特别留意过她，他的手里有修不完的鞋子。

一天放晚学，那疯女人后面跟着一群孩子，孩子们大声唱着："疯女人，钻草垛；没人要，真难过；跟狗过，狗咬她；跟猫过，猫挠她……"疯女人也不生气，还是笑吟吟地在前面走着。

一个男孩子，调皮地捡起地上的一块石子，向她扔来，砸到了她裸露的胳膊上，胳膊上立刻鼓起了一个血包。被砸疼的她，向那孩子追去，孩子吓坏了，在他的鞋摊前，绊到一只鞋上，跌倒了，哇哇地哭。

疯女人赶来，弯身抱起孩子，轻轻地拍去他身上的尘土，说："乖，不哭啊，不哭。"他看到她眼睛清澈，眼眸里盛满了慈爱。他的心"扑通扑通"地跳起来，那眼神像极了他离世的妻子。

他领她回家，让她洗干净，换上了妻子留下的衣服。她清洗干净后的面庞，以及梳头的动作，都和妻子如此相似。

他将家里收拾了一番，腾出了一间堆放杂物的房间，让她独自居住。每天他早早收工回来，给她做饭。傍晚的时候，他们吃完了，就坐到院子里，他给她拉只给妻子和孩子拉过的二胡。那悠扬的乐曲萦回在院子里，像清泉洗涤了悲伤。二胡声似乎唤起了她的回忆，她总是静静地听着，洁白的月光亲吻着她的脸颊，斑驳的树影簇拥在她的肩上，她没有一丝疯癫的样子。

女人刚来时，时常发病，他总是等到她熟睡了，才到自己的房里。夜里，听到一点儿动静，他都会去看看她是否安好。

关爱是一剂最好的药，那女人渐渐发病少了，还能给他做些家务。每天他回来，看到家里清扫得干干净净，感觉找回了以前的那个家。

两个孩子知道了他收留疯女人的事情，一起赶回来，说："你娶女人，我们可以给你介绍个好的，条件就是让她离开家门。"他冷冷地说："你们可以离开了。"他们无奈地走了，他知道他们不会回来看他，他们都和他一样，脾气倔强。

每个月末她还是发病，把家里翻弄得乱七八糟后，她就抱着一件衣服

或枕头呜呜地哭，怎么劝都不起作用。他坐在她身边陪着她，那哭声泪泪流淌到他的心里，他也忧伤似海。这女人该有着怎样惨痛的经历呢？

在她清醒时，他问过她，她告诉他，她曾经有个孩子，可是不小心，孩子在一个月末淹死在池塘里，她由此疯癫，被逐出了家门。

一天，他感觉胸口隐隐地痛。他自己到医院检查了，医生问他子女在哪里，要孩子回来。他说自己是孤寡老头子。医生告诉他，他是肝癌晚期了。

他终于卧到了床上，起不来了。她很害怕，煮饭给他吃，他吃不下。她喂他，他勉强笑着说："你吃，你吃。"可任凭他怎么说，她也不吃。他忍着钻心的疼，吃下一口，她才吃。

两个孩子回来的时候，已经是他死去的第二天了。他们回来，看到他的床前只有疯女人，她头发蓬乱，脸上沾着锅上的黑灰，一手端着饭碗，一手拿着勺子，勺子里有饭粒，她把勺子伸在他的嘴边说："你吃一口呀，你吃了我就吃。"

孩子们给他料理了后事，把她带到城里去了，他们要照顾她一生。

因为，孩子们在他的遗物里发现他的遗书，他告诉孩子们，她是他通往天堂的梯子。虽然他的那梯子曾是妻子，也曾是孩子，可那些终究离开了他。他最终通往天堂梯子的还是她，她让他找到了丢失已久的亲情，捡拾起丢失已久的天堂里的快乐。

怜惜是一种特殊的情感。怜是爱怜，是深深的同情；惜是爱惜，是珍视、不舍得丢弃丝毫。怜惜是一种完全发自内心的愿为对方的快乐与幸福付出的心态，是一种不由自主地想要把对方置于自己的保护之下，提供精神和身体护卫的强烈冲动。

安顿心灵的月光

一年暑假，我应一家少年宫的邀请，给野外生存夏令营做心理辅导讲座，参加这期夏令营的大多是高中生。

讲座那天，是活动中期，很多孩子已疲劳不堪。的确，每天在炙热的阳光下，跋山涉水，长途奔袭，丛林探险，对于这些娇生惯养的孩子来说，实在辛苦。我听说他们纷纷抱怨父母狠心，把他们送来受苦，很多孩子还萌生退意。

主持人简单的开场白后，在稀稀拉拉的掌声中，我开始了讲座。

我问："你们哪些人带手机了？"几乎所有的孩子都举起手。

我笑道："今天，我们就先用手机来做个游戏。"孩子们热情高涨起来。

我随意请了三个孩子到主席台，让他们做了自我介绍，个高的男孩叫李旭冉，个矮的男孩是赵文贤，那个清秀的女孩叫张秀秀。

我要他们给自己的母亲和最亲近的两位朋友群发一条短信："今天，我身体不舒服了。"短信编辑好后，我请他们同时发了出去。

短信刚发不久，赵文贤手机就响了，他母亲打来的。赵文贤急促地说："你别来，真的没事，老师在和我们做一个游戏。"我可以想象到远在异地的母亲，在听到这句话后，长舒一口气，焦虑的面孔随之释然。

赵文贤挂断手机后，李旭冉也来了电话。他看看手机，犹豫着不接。我示意他接听，也是他母亲打来的。听了李旭冉的话后，母亲好像还是不

信，李旭冉脸上露出不耐烦的神色，他将手机递给我，要我给他解释。

我接过手机，耳边传来慈祥的话语："你不舒服了，不要硬撑着，要去看医生。冉冉，听到了吗？"我便说了事情的缘由，她这才相信，还请我叮嘱李旭冉不要乱吃东西。

这时，三个孩子都收到了朋友的短信，我让他们公布短信的内容，分别是："累的吧，注意休息。""你还会不舒服？哈哈，吃点药吧！""不舒服，找我没用，看医生去。"……

直至此时，张秀秀没有接到母亲的短信和电话，在众人疑问的目光中，她哽咽着说："我的妈妈和爸爸开了一家公司，去年在一次进货的时候，遇上车祸去世了。妈妈的手机号码我一直储存着，刚才我也给她发了短信。我知道，她在天堂也会祝福我的。"

会场里一片寂静，有人发出了抽泣声。

我说："是的，你妈妈在天堂会永远关注你，永远祝福你。"

我出示了一张投影：清丽的月光下，远山近水朦胧，小屋里闪烁着灯火，窗前一个女孩在母亲的怀抱里安静地睡着，脸上浮着恬美的笑。

图片下有一段文字："亲情、友情、爱情构成了我们人生的全部。如果说爱情像阳光给了生命以活力，友情像星光点缀了我们寂寞的天空，那么亲情则像月光，不因季节更迭而变化，不因名利浮沉而疏远，在危难时母亲最担忧，在求助时母亲反应最迅疾，亲情如月光纯澈、慈祥地照耀着我们，让我们的心灵得到安顿。"

在热烈的掌声里，我继续着讲座。

后来我收到反馈，那次讲座后，没有学生提出要退出夏令营了，父母的苦心他们好似都已明白。

亲情，是一把吉他，越到情深处，越能拨动你的心弦；亲情，是一挂藤萝，不管你身在何方，它总是紧紧牵着你的手；亲情，是一串钥匙，打开的是一扇扇忧郁的门窗。亲情，就在眉眼顾盼间，浅浅的微笑里，就在那如水的月光下。

生命高贵的标签

在一片茂密的森林里，杂草横生，藤蔓蜿蜒，一队士兵正在丛林里迅速穿行。

忽然，一位军官不慎跌入一片沼泽，他的身体迅速下陷，污浊的水很快就淹到他的胸口，其他士兵围拢到他的身边，准备拉他。他大声说道："都退后，这里危险。"说罢，他双手紧紧拽住沼泽地旁的野草，奋力向上攀爬，不知是泥水还是汗水从他脸颊上滚落下来。他爬出了沼泽，裤脚被荆棘划破了，左腿露出一截假肢。爬出沼泽的他，恢复了英姿飒爽的模样，命令部队继续前进。他，就是这支部队的首领弗兰克斯少校。

去年的这个时候，弗兰克斯躺在死气沉沉的病房内，凝视洁白的屋顶发呆。几个月前，在柬埔寨的一次战斗中，一块手榴弹片嵌入他的左腿，由于医治延误，造成感染，被紧急送回国后，医生决定为他做截肢手术。

弗兰克斯1970年从西点军校毕业，是一名优秀的军人，终身从军是他的理想，但截肢以后，似乎可以选择的唯有退伍。退伍于弗兰克斯而言不啻灭顶之灾，他实在不想脱下军装，他感到自己仍有许多东西可以贡献给部队，如作战经验、技术知识、解决问题的能力……但是他能通过每年一次的健康考核吗？健康考核包括徒步行军两英里，这于截肢后的他实在是个难题。

装上假肢后，他回到部队，却迟迟不去办理退伍手续，他迷恋职业军

人的生活啊！

　　每天傍晚，弗兰克斯会去和战友们打棒球。打棒球是他最大的爱好，在军校时他曾是棒球队的队长。如今他没有了昔日球场上的雄姿，轮到他击球时，要靠别人为他跑垒，这让他极为沮丧。

　　有一天，弗兰克斯等候击球轮次，看到一名队友漂亮地滑进了第三垒，他想：我失去了左腿，可还有右腿，并且有敏捷的思维，如果我做同样的尝试，情况会怎样呢？

　　当弗兰克斯击球时，他一棒把球击到球场中央。替他跑垒的战友刚刚要像往常那样去跑，被他嚷着阻止，他一跃而起，迈着僵硬的假肢，一瘸一拐地奔跑起来。在第一垒和第二垒之间，他瞅见外野手将球抛向第二垒的守垒员。他充分利用右腿的力量，带动假肢拼命前冲，睁圆了眼睛，大幅度摆动手臂，一头滑进了第二垒。裁判喊道："安全入垒！"弗兰克斯欣慰地笑了，他感觉健康考核不再是威胁了。

　　此后，弗兰克斯每天坚持跑步，尝试运用假肢完成各种翻越动作，在随后的年度健康考核中顺利通过。上级也曾担忧他能否胜任指挥官的工作，弗兰克斯用一次次越野训练的优异表现交上完美的答卷。

　　2000年6月，弗兰克斯被委任为美国中央司令部司令，晋升为四星上将。直至如今，他依旧活跃在军营里，甚至时常深入军营与普通士兵一起生活。

　　《华盛顿邮报》发表过弗兰克斯回忆那段人生阴霾的文章，在结尾处弗兰克斯写道："对生活的热爱，对困难的挑战，是我们生命高贵的标签。"

　　时光之旅，樱桃芭蕉。人生的单行道上，再回首已是百年身。时间并不理会我们做无价值的等待，也不理会我们做逝者如斯的感慨，生命本身就是这样短暂和渺小，甚至比不上一星飞蛾来得执着与壮烈。远去的年华追不回，逝去的岁月抓不住，只有握紧时间的手，与时间一起赛跑，才能体会出生命的真正含义。

心是等待点燃的火柴

有段日子，你踏入合肥686路公交车，迎面就会看到车厢里一张温馨的图画，画上有一辆公交车正在林荫道上飞驰，几个性别、年龄各异的人正亲切地交谈。画的上侧有一句话：心是等待点燃的火柴。车上的乘客如同画中的人物，大家说笑着，好像是一家人聚到了一起。这一切都与司机张怀德有关。

某年4月的一天，686路公交车上乘客们有的坐在座位上闭目养神，有的用耳机听着音乐，更多的是低着头紧盯着手机，车厢里非常安静，单调的引擎声显得异常响亮。

686路公交车线路是通往郊区的，那里有几座工厂和一些学校，乘客大多是上班族，大家每天都搭乘这辆公交车，面孔都很熟悉，只是没有开口说过话，是熟悉的陌生人。

当车驶离市区不久，一个手上有刺青的年轻人，在车厢里来回走动。他在一个中年妇女身后停下，忽然，那中年妇女突然抓住年轻人的手，大声道："你还我的钱包！"

年轻人使劲挣脱，竟不能抽出手来。他猛地从裤兜里掏出一把匕首，匕首闪着寒光。乘客们只是静静地看着，坐在旁边的几人甚至还躲远了。

中年妇女要回钱包心切，没有意识到危险，仍紧抓年轻人不放，眼看

一场惨剧即将发生。就在此时，公交车车身一拐，戛然停到路边，年轻人与中年妇女失去重心，一同摔倒在地。一个身影从车头掠过来，如一道疾风，骑到年轻人的身上夺下匕首，将其降服。

最终，年轻人被警察带走。那个身影就是公交车司机张怀德。

张怀德工作3年来，一直开686路公交车。他早就发现，上车后乘客们大都不吱声，这好像是不成文规矩。虽然他们几乎每天碰面，但宁可捧着手机，与远在天涯的陌生人聊得火热，也不与近在咫尺的人说一句话。此举象征意义非常明显：彼此都在保持距离。正是这份距离，让车上乘客在遭遇困难时，大家都成了看客，不予帮助。

今天发生的事情，让张怀德决定改变这种状况。第二天，他带着连夜制作的一张宣传画，张贴到车上，这就是我们文章开头看到的那幅。乘客们上车后有人没有留意，有人注意到了大概没有理解其内涵，但依然像往常那样沉默地或坐或立。

张怀德久久没有开车，乘客们催促张怀德开车，他指着宣传画，面对大家说："你们知道我张贴这幅画的意思吗？我总是感觉我们之间太过冷漠，天天相见，可彼此之间如同陌路，没有交流，没有互助。'心是等待点燃的火柴'啊，一句话，一个笑脸，一次微不足道的帮助，就可以将心头的热情点燃，让我们成为朋友，甚至成为亲人啊！"

乘客们听了，都深有感触。他们有的对身边的人露出微笑，有的对邻座真诚地说："你好！"虽然那声音很轻，很不自然。对其中许多人来说，这是今天第一次开口说话。被问候的人跟着又说了一遍。也有些乘客握手为礼，许多人都大笑起来。

张怀德没有再说什么，他已无须多说，他踩动引擎，车徐徐离开车站。车厢里一片谈话声，没有人再拿起手机，大家你一言，我一语，热闹得很。686路公交车上洋溢着一种以前从未有过的温情。

从那一天开始，686路公交车上没有再发生过意外事件，乘客随着彼

此间的熟络，互助蔚然成风，车厢里的温情将一切邪恶拒之千里。合肥市公交公司的领导得知这个事情后，决定将张怀德设计的宣传画在全市公交车上张贴。

每个人的心都是一根火柴，只要有火花，都会"哧"的一声被点燃。其实，很多时候那火花就是我们发自内心的一句问候、一个微笑。

我们总是喜欢把身边的人一遍又一遍地与心目中完美的设想进行对比，对比一次，失望一次。很多的时候，我们不知道，自己已经得到的，其实就是最大的幸福，最真的爱！

戒　指

　　黑暗像黏稠的墨汁，割断了视线。四周无比安静，只能听到自己的心跳和身下的流水声。他打开安全帽上的矿灯，矿灯就要没电了，借着微弱的光，看腕上的电子表，已经是4月5日14点。他被埋在矿井下已经整整7天了。

　　7天前，他和工友们像往常一样下井挖煤。与以往不同的是，在他贴胸的地方，有一个小盒，里面装着一枚戒指，那是他上午到城里给妻买的。

　　他和妻结婚15年了。结婚时，经济情况不好，她什么也没有要，就嫁给了他。如今，她如花的容颜已消逝。最让他心疼的，是她的手，结婚前，她的手润滑如玉，可如今皱褶纵横，粗糙得像皲裂的榆树皮。前几天矿里发了第一季度的奖金，他没有把钱全数交给她。几天后是她的生日，他要给她买一枚戒指，让她的手指好看一些。

　　他知道她喜欢戒指，一次晚上看电视，电视上的男主人公给女主人公戴上了戒指，他看到她摸着光光的手指，眼中流出羡慕的神色。但是，她不会说出来的，她的心只在他、孩子和年迈的父母身上，戴戒指的情形只会出现在她的梦里吧。

　　那天他上下午班，他起个大早，到城里买了一枚金色水晶戒指，那上

面镶了一块钻石，好几千块钱，她肯定舍不得，可是无论怎样也要在她生日那天给她戴上。

到了井下，他开着拉煤车运输。忽然，听到有人喊："煤矿进水了，快撤！"紧接着，水像咆哮的野兽，裹挟着工友、煤渣向他冲来，不容躲避。慌乱中，他紧紧抓住煤车旁的井架，慢慢爬到高处。

水似一股永不枯竭的泉，没有停歇的迹象，快要涨到矿坑的顶部了。他顺着井架不断地向上移。空气越来越稀薄，他感觉呼吸困难，意识慢慢地模糊了。他摸到了那一枚戒指，想还没有给她戴上呢，不能就这么死了。

水慢慢地下降了，他知道，矿井被人疏通了，矿上在竭力抢救埋在井下的他们。他想或许有矿友在附近，就大声喊："有人吗？"果然有回应，他打开矿灯，很快井架底下出现了4个人头。他把他们一一拉上了井架。

3天过去了，还没有人来救他们，幸存的喜悦已经荡然无存，他们感觉到又饥又渴。有的矿友呜呜地哭，他脑海中浮现出妻的面容，他安慰他们，说家里人等着我们，我们一定要活着上去。有个年龄小的矿友要喝井架下的水，被他阻止住。那水是不能喝的，其中或许有硫，会毒死人的。他说，要喝只能喝自己的尿。

渴暂时解决了，可饥饿穿透了身体，让人无法忍受。井架上有一捆炸矿时遗留下的炸药袋，他扯下，每人发了一些，说用这个充饥看看。炸药袋很苦涩，有的矿友发出了干呕，他的胃也难受起来，难以下咽。他想到妻此时一定在井上焦急地等着他回去，她的眼中一定闪烁着期盼的目光，如果他就这样去了，她羸弱的身体能肩负起那个家吗？他强忍着恶心，吞咽了下去。

开始几天还有人说话，可到了第5天，大家都昏沉沉的，没有力气说话了，矿井里一片沉默。他也昏睡不醒，忽然"扑通"一声惊醒了他。

有个矿友掉下了井架，是那个最小的矿友。他和其他几个人呼喊着，可是只有水声回答着他们。他的一只手紧紧抓住井架，另一只手触摸着戒指，他想象着戒指套到妻手上的情形，为自己打气。然后，他小声地提醒着大家，也提醒着自己："睡觉时要抓牢了井架，掉下去，就再也上不来了。"

第6天了，又有人掉落下去。他意识恍惚，唯一记着的就是紧紧抓着井架。一连十几个小时，他都在做着相同的梦，梦到妻对着矿井绝望地哭喊，泪水弄湿了她的整张脸。醒了，他的泪水也从眼眶中滴落下来。

他知道现在的时间，是第7天的14点了。他刚想还睡一会儿，就听到了有人说话的声音，他循声望去，看到了影影绰绰的灯火。他以为是眼花了，就叫醒了矿友们，让他们一起去看。是有人来了，他们一定是来救他们的。他们大声喊叫起来："这里有人！"

他被救出来，抬上了矿井，眼睛蒙着厚厚的黑布，可还是感觉到了太阳的光亮，身体也无比温暖。一双双手握住了他，有绵软的，有有力的……人们在恭喜他重获生命。忽然，一双熟悉的手紧握着他，那手的温度，手的皱褶，让他知道，那是妻的手。

真的是她，从得知他陷入井下起，她一直就待在井上，眼中流着泪，嘴里喊着他的名字，很少吃喝，也很少睡觉。看到他被救出，她奔过来，这是他们自结婚后分别最久的一次，她拉住他的手再也不想放开了。

他从怀中掏出了戒指，摸索着套到了她的手上，说："祝你生日快乐！"有滚烫的液体，一滴一滴地滴落到他的脸颊上，滚落他的嘴里。他咽下去，竟是很甜很甜的味道。

最真诚最质朴的爱，就是想为对方活着。哪怕只是短暂的一瞬，只想对方活得比自己更好。即便悄然消失，可那爱依然会留在对方的生命里，让今生的相遇，成就一段地老天荒的传奇。

第7编

身后美好，眼前阳光

蓝天澄澈，绿树葱葱，

日子是这样静谧和美丽。

空气里弥漫着花的芬芳，

田野里到处是植被的绿裳，

这一切，

给予我们的是信心和憧憬。

春风化雨，曲水流觞，

看，身后美好，眼前阳光。

采撷一朵白云为路标

一日，网上游荡，看到一非文艺女同事很文艺的微博：怀念旧时的校园，那里有每天记得去关的老式窗户，有一推就吱呀作响的木门，有一面时刻让你臭美的落地大镜子，有一段难以割舍的青春时光……这些，记忆里的黑白照片，渐行渐远。

这些文字如密集的子弹，霎时击穿了也非文艺男的我。

搬入新校区数月了，可怀旧气息似一张旧唱片发出的音符，浸染着校园。我时常坐在办公室的窗前，遥望楼底，那里几株白玉兰，还未成活，叶子落满尘土，恹恹垂着。我便忆起老校区的花圃，那里有一种花，据说是从国外进口来的，枝茎四季葱茏，春秋各绽放一次，花瓣不大，紫红的，像极了紫云英。很多午后，布置了学生的作业，倚靠教室的门框，听着沙沙的书写声，抬眼看花圃里的花朵，阳光泼洒，花香素淡，蜜蜂、蝴蝶在花丛中飞进飞出。日子静美！

"空怅望，山川形胜，已非畴昔。"人之所以怀旧，或因往日时光的确美妙，但更多是对现状无奈。

在新校区，我们丢失了悠闲、清爽的生活。原先学校是棵繁茂的树，我们是垒巢在树上的鸟，每日清早，用罢早餐，慢慢踱去上班，一点儿也不慌乱。而新校区离我们寓所有一条长长的路，没有铺设好，是条夹杂些

许石子的泥土路。晴天骑车，灰尘漫天，到了学校都弄个灰头土脸；雨雪天气，道路泥泞，需穿上多年前废弃的雨靴，一步一滑地赶路，身上会溅染很多的泥巴。所以，每晚临睡，就发愁明早如何去上班。我们抱怨之余，唯有怀旧。

这天，我起了个大早，天气晴好，遂决定步行上班。太阳刚刚升起，蓝天似一匹深蓝的锦缎，路边草尖上的露水剔透，菜地里菜蔬碧绿，田园姿色迷人。走上那座拱形石桥，桥下河水汩汩流淌，清澈的河水里，绿色水藻随流水扬起手臂曼舞，青色的小鱼、透明的小虾在水藻间嬉戏，这些我前段日子竟没有留意。路上，人流、车流缓缓移动，不时有家长和学生向我问好，我倍觉亲切……清晨美景，是一幅画，在冉冉的水汽中浮动着，清新脱俗！那天，我的心情格外舒畅。

原来，走在路上，采摘美丽作为路标，行程便充盈而美好。

由此，我想到工作。为持家度日，我们找一份工作维系。工作中的大小事务，着实令人烦恼。很多时候，我们带着厌恶的心情去完成它们，生活因此枯燥乏味，工作也难以处置完美。

古时，聪明的骑驴赶路人，会坐在驴子身上，高高挑着一棵白菜或一根萝卜，晃荡在驴子的眼前。驴子因前有食物，便迈着轻快的步子，向前奔去。我们笑驴子的弱智，可我们非驴，怎知道它不知晓那是骗局？它或许故作不知，只是将白菜、萝卜作为牵引，使得漫长旅途不再单调而已。

我们是否可以学习那驴子，拥有一双慧眼，去挖掘生活中的美好，用美丽的事物和憧憬作路标，从而以轻松的心态去面对事务，轻快地走在完成工作的路上？

其实，人自从呱呱坠地，便走在奔向终点的路上。"人生寄一世，奄忽若飙尘。"人生苦短，那为何不寻找快乐和幸福，用美好的点缀来装饰人生呢？有句广告词，它写得好：人生就是一段旅程，重要的不是目的地，而是沿途的风景和看风景的心情。

即使路途九曲盘旋，即使身处危崖绝壁，也没有关系，你可以掬起一捧山泉滋润心田，采撷一朵白云作为路标，让希望浮现眼前，让快乐充盈胸腔。你会发现，走在路上，真好！

一花凋零荒芜不了整个春天，一次挫折也荒废不了整个人生。一个人真正的幸福并不是待在光明之中。从远处凝望光明，朝它奋力奔去，在那拼命忘我的时间里，才有人生真正的充实。

母　爱

入冬后，学校大门边总是站着一个女人。她脸色苍白，头发蓬松，棉衣下摆已经破裂了，凛冽的北风吹过，碎布条就随风飘动。这让她在穿着皮衣和羽绒服的人群中，格外引人注目。

我校是封闭式管理，上课铃响后，院门会被锁上。可女人依旧滞留在学校门口，双手插进衣兜，仰着头，用呆滞的目光盯着教学楼。遇到阴雨天气，她便躲在学校对面店铺的屋檐下，避开雨雪，仍仰望着教学楼，直至放学。

女人行为怪异，引起了我的注意。询问了学校的老师，我得知她的情况：她是一个学生的家长，前几年随丈夫到外地打工，丈夫看上了别的女子，离她去了。沉重的打击，使得她患上精神分裂症。离婚后，她被送回娘家，时而清醒，时而暴躁。前两年，父母有些积蓄，把她送到省城的精神病院治疗。现在父母看她好转些，便将她接了回来，她唯一做的便是接送孩子。

一天放学，我恰好看到她和她的孩子。孩子是男孩，看起来很温顺。她接过孩子的书包，搂住他往家走去。此时，她呆滞的眼神鲜活了，眼眸里满是慈爱。

冬至后的风，一日硬似一日。一个早晨，天上飘舞着细小的雪花，我刚到办公室，就听教师说，那女人打了学生。原来，最近她的病又犯了，整天手中提着木棒。昨晚放学，一名学生同她的孩子打闹着玩儿，被她看见，误以为那学生欺负儿子，抢起棒子就打，幸好没打到要害部位。

我来到教学楼顶层，发现她仍站在校门口，手里拎着木棒。学生的安全是学校的头等大事，作为校长，我不敢大意。我立刻查到她家的电话号码，请她家人将她劝解回家。电话是她父亲接的，老人答应立马过来。

半个小时后，一位年迈的老人下了车，直向她奔去。他和她说了很长时间的话，可她仍没有回家的意思。老人或许急了，去夺她的木棒。这惹火了她，她挥舞着棒子，打到老人的头上……

我连忙赶向那里，见到老人头上有鲜血渗了出来。我忙去搀扶，想把他送往医院。我不经意间扭头，那女人正瞪着红红的眼盯着我，眼神里充满杀机。我意识到危险，转身去夺她的木棒。她力气大得惊人，任凭我怎么用力，也夺不下来。

我精疲力竭，忽然听到有个怯怯的声音喊"妈妈"，那女人怔了一下，竟放下木棒。一个孩子站在她身后，那是她的儿子。她伸出满是冻疮的手，摸了摸孩子乱糟糟的头发，眼里的凶光不见了踪影。她温柔地搂过孩子，头也不回地向家的方向走去。

原来，班主任见状，就把孩子叫过来了。孩子的一声呼唤，化解了这场危险的争斗。

母亲，一个伟大的称呼；母爱，一份深沉的情感。即使再疯痴的女人，在孩子的面前，也会变得温柔贤淑，这基于母亲都有一颗爱子之心呀！

　　母爱是充满了人性的，翻开人类的文学史，文学大师们给我们留下了多少感人至深的作品，母爱一直就是我们讴歌的主题，它像涓涓细流，滋润游子疲惫的心；它似暖暖阳光，感化冷漠的世界；它仿佛和煦的春风，驱散心头的阴云；它是永远守候的目光，是不会背叛的承诺，是永不倒下的依靠……

我的田园生活

出身农民家庭，却远离了土地，便对土地格外渴望。在梦里都想拥有一片土地，种上青翠的菜蔬、娇美的花儿、久未尝到的粗粮……教书之余，便提着农具去劳作。在耕耘中，任汗珠滚落，带走心灵的困顿和疲乏。累了，就随地躺下，清风吹过滚烫的身子，侧脸看饱满的豆荚在风中摇曳，看绿的、红的辣椒在叶间跳跃，看丝瓜的藤蔓慢慢攀爬；抬头看便是蓝天和白云，还有鸟儿滑过天际的翅羽……

想象就像一部风景极美的电影，只能远远地看，那场景是无论如何也进入不了的。滚滚红尘里，哪儿能安放我的田园呢？

最近，我终于得到了一片农场。地不多，只有寥寥几块，但好友的农场都聚集在周围。大伙儿种植的东西各异，放眼望去，色彩缤纷，都鲜嫩得滴出水来，煞是好看。

在这里，大伙儿互帮互助，你的田里有野草，我给你除干净；我的地里有虫子，他会给我喷上杀虫剂。一切呀，都建立在爱心之上，可那爱心是有回报的，你的农场会因你的无私付出，慢慢地扩大，还能种植上更为昂贵的作物。

丢失了许久的童心，在这里是可以捡拾回来的。你可以使使小孩子的性子，捉弄捉弄你的朋友。你看到他们的作物长得好，不服气了，就给他

的地里栽上几棵草，撒几条虫子，放心，没有人说你道德败坏，看到了也就是哈哈一笑，忙着给你消灭了罪证。

"偷"不是一个好的字眼儿，可在这儿，却闪烁着诙谐和幽默的光彩。看到朋友们的作物熟了，还没来得及收，你就顺手捎带些，大伙儿也不计较。偷来的就是自己的了，你可以把它们存储起来，闲时到仓库转转，感受仓廪充盈的欣喜；也能把它们卖了，换来票子去买些种子。可是做人到底是要讲良心，再贪婪，也要给农场的主人留下一些，不能一扫而空了。

在这里，闯荡久了，你会发现，靠别人仅能小富，想富甲一方靠偷是解决不了的，还是要靠自己。唯有付出了辛勤劳作，让渴盼丰收的心在暗夜和白昼里滋长，方会收获更多的财富和经验。

看到这里，你大概已经知道，我说的是网络上一种虚拟的游戏，QQ农场了。

我们时刻在想着怎样整顿自己的生活，使之闲适而自在，恬淡而充实。可是来自生活各方面的压力，让我们经常感觉疲惫不堪，却找不到休整的地方。在QQ农场你可以释放自己，让心情柳暗花明。

"榆柳荫后檐，桃李罗堂前。"QQ农场里那种田园的乐趣，似一泓甘洌的泉水，浸润了我们的生活。我为陶渊明遗憾，如果那时也有网络，他也能和我一样，过过QQ农场的瘾了。

曾经，一种网络游戏让无数都市人痴迷于田园，沉醉于农耕，这就是QQ农场。这种现象，既揭示了现代都市生活的弊端，也说明了人们内心对回归自然的向往。

父亲的日记

　　父亲是个农民，一生躬耕于贫瘠的土地，直到生病住院的前一天，还在田畴里挥洒着汗水。他粗糙的手里，大多时候抓握着拙朴的农具，很少拿着纤细的笔。可是，他写得一手好文章，他务农，是时代结出的一枚涩果。他因家庭出身不好，初中毕业后，学校就劝他退学了。去年7月，父亲住院检查，是肺癌晚期。仅隔半年，他就匆匆地走了，永远离开了我们。

　　父亲的那本日记，只有薄薄的几十页，我发现它，是在整理父亲遗物的时候。我的父亲啊，在人生即将凋谢的时候，拿起了久违的笔。

　　父亲在合肥住院，我和弟弟一起陪伴着他。在此之前，我带他在区医院检查了，我们都知道病情不容乐观，是我们家庭一道难以逾越的坎儿。

　　确诊需要做纤维镜检查，父亲原先健壮的身体，已被病魔侵蚀得虚弱不堪，他血凝素低，刚住院的十来天，需要输液增加血凝素。那时他每天的医疗费用，在一千元以上，这是父亲一季农作物的收入，也相当于我们兄弟两人半月的工资。我们在医院的附近找了家价格便宜的小饭店，为了给父亲增加营养，每餐都炒一个荤菜，可他很少动箸，我们给他夹菜，他说："你们吃，你们吃，我吃不了多少。"晚上，我和弟弟等父亲睡下，就悄悄离开病房，到楼梯上坐下，抽着烟商量第二天的安排，或者望着晦

暗的楼顶发呆。

我们每次出去，父亲并没有睡熟，等我们走了，他就打开床头灯，写着日记。父亲的第一篇日记写的就是那时的事情，日记的最后，他写道："如果是癌症，我不会治疗了。稼穑艰辛，不能让存兰（我母亲）的血汗钱打了水漂。孩子们也有自己的负担，不能拖累了他们。"

父亲做纤维镜检查后，大出血，他剧烈咳嗽，脸色苍白，神情痛苦，整个下午一口一口的鲜血接连从口中吐出，接血的瓷缸每过一会儿就盛满了。我和弟弟实在控制不住悲伤，当一人在他身边时，另一人就躲到医院的走廊里失声痛哭。

父亲在日记上写道："今天大出血，把两个孩子吓坏了。他们从外面进来，眼睛都红肿着，他们没有经历过这样恐怖的事啊！"字里行间没有一字提及自己的痛苦。在那样一个备受煎熬的时刻，生命的烛火随风摇曳，可他顾及的只是我们的感受。

检查确诊后，医生告诉我，父亲已错过最佳的治疗时机，无药可医了，我和弟弟为我们的大意自责愧疚。我们给父亲办理了出院手续，把医生开的药，换装在治疗肺炎的药瓶里，对父亲隐瞒着病情，只告诉他是肺炎，休养一下就没事了。

每个周日，我会回家看望父亲，我问他身体状况，他总是笑着说，吃了我们买的药，好了许多。他还说现在没事了，不需要我每周回去，要我自己注意休息。其实，他日渐消瘦，挺拔的腰身在慢慢佝偻。

姐姐后来告诉我，父亲那时最高兴的，就是我回家，陪着他聊天，可他担心耽误了我的工作。父亲的一篇日记写着："这几天一点东西吃不下，痰中有血，后背也疼得厉害了，是癌细胞转移了吧。大概，死神在不远处招手了。孩子们知道了，会很着急的，他们工作都很紧张啊！"

2010年12月13日，父亲去世了，按乡下风俗，人走了要停放在家里三天。那三天两夜，我只是在沙发上打了一会儿的盹儿，其余的时间都坐

在父亲的身边。父亲放飞我快二十年了，我和他如两个圆心、半径都不同的圆，画着各自的轨迹，很少交集，像这样在深夜近距离地相伴，极其稀少。遗像上的父亲正对我笑着，我的泪时不时就喷涌出来。父爱不存，背后少了一双殷切关注我的眼，我感觉一切都失去了色彩，变成灰白的了。埋葬了父亲，我失魂落魄。

就在那时，我发现了那本日记，最后一篇日记是留给我的，那字迹已模糊不清，我知道父亲在写它们时，用尽了全身的力气。日记中，父亲要我对他的离去不要太悲伤，要尽到一个长子的责任，照顾好母亲，与弟弟一生和睦，此外要将儿子教育好，"青出于蓝而胜于蓝"。那刻，我麻木的心骤然清醒，是的，父亲走了，生活还得继续，责任仍要担当。如今我们阴阳两隔，可他并没有远离我，毕竟，我的血管里流着他的血液，性格里烙下了他的影子，他看似遥在天涯，那浓浓的爱却就在我的身边。

父亲的日记，文字简约、质朴，可我看到那文字后涌动着滔天的情感巨澜，它是父亲在生命弥留之际，用爱燃起的一堆篝火，它映亮了我生命里寒冷的夜晚，将煦热我今后所有的岁月。

父亲给了我们一片蓝天，给了我们一方沃土，父亲是我们生命里永远的太阳。父亲的坚韧不拔和铮铮硬骨是我们永远的榜样，我们从他那儿汲取到奋发的力量，走过挫折，迈向成功。

友情芬芳

高考结束了，明天，我们就将永远地告别中学生活。

教室里，同学们三三两两聚在一起，依依话别，纷飞的眼泪是万千的情绪。我和同桌手握着手，正说得热闹。忽然，我碰触到一双熟悉而又陌生的眼睛，那目光闪烁，瞥我一眼后，又匆忙带着些许慌乱闪开了。

是他，我曾经的挚友。高一时，我们住在同一个寝室里，初到外地，无边的孤独让我们走到了一起。我们曾一起到食堂就餐，一起到图书室看书，一起在傍晚看那慢慢坠落的夕阳。

高二，我收到了班里一个女孩的情书，那女孩我也挺喜欢，我们坠落到爱河里。我把这件事只与他一人说了。一天，班主任找我和那个女孩谈心，告诫我们不要早恋，耽误了学习，青涩的恋情就此了断。年轻的我偏执得近乎无知，我认定是他告诉了老师，我和他大吵了一番。他是有泪不轻弹的人，那次却泪水滂沱。后来，我换了寝室，与他形同陌路，给那段友谊画上句号。

后来，我无意中听说，班主任有次看到我与那个女孩一同散步，知道了我早恋的事情。那时，我已是梦醒的人，我想即使真的是他告诉了老师，那绝对也是对我的关怀和体贴；更何况我错怪了他，心中不禁怅然若失，可盲目的自尊，却使我说不出最简单的"对不起"三个字。

我偷偷看他，他坐在教室的角落里，将目光移向外面，装作没看见我。狭小的教室中，我们间隔着的不过是咫尺的空间，却似乎有着几个世纪的隔阂与陌生。

我感到一丝莫名的感伤——相视一笑便可消除的误解，却为何至今仍是一个解不开的心结？我鼓起勇气想和他打个招呼，话到嘴边，难以启齿……

教室里慢慢安静下来，同学们话别后大都走了。或许是即将永久地别离触动了他，这时，他侧过了头，与我的目光碰个正着。我只觉得心怦怦直跳，也许，这是最后一次机会了，我鼓起勇气，下意识地对他微微一笑。他的神色有些不安，有些惊喜，还有些惊诧，也向我微微笑了笑。顿时，我脑海里浮现出了一幕幕美好的回忆：我感冒了，到外面买药，回来时，看到他把香喷喷的饭菜给我准备好了，自己蹲在地上给我洗换下的衣服；期中考试我没考好，他给我分析原因，给我补缺补差；生活费没有了，他怕我难堪，悄悄地将钱塞到我的被窝里……我内心充满了深深的愧疚。

我向他走去，伸出了双手。四只手紧紧握到一起，无数的话语是小溪的水，潺潺流淌。

天很快就黑了，送我们回家的汽车在校园里鸣着喇叭，催促我们上路。我与他告别，依依不舍。

我上了车，感觉背后炙热，回首，见他站在暮色里，不停地向我挥手，柔软的情愫霎时在我心底洇漫。他在我的泪眼里渐去渐远，那一刻，我渴望时光倒流！

大学时，我们天各一方，却保持着书信联系。直到现在，我们还是很好的朋友。

生命因为有许多值得珍惜的事物而显得充实美好。友情是人生画卷中浓艳的一抹，在漫漫人生旅途中，应该懂得珍惜友情，让她在心灵的呵护

下花朵般绽放，让生活在她的芬芳里斑斓多姿。

　　当有一天，我们翻开抽屉泛黄的日记，再回首那段青葱的时光，终于明白，自始至终，我们都只是太过倔强，倔强得不曾给过彼此一个机会——一个解释的机会，一个道别的机会。青年朋友们，请珍惜你身边的朋友吧！

映亮眼睛的火焰

毕业快一年了，我一直没有找到合适的工作。我有几次通过了初试，但在面试时被淘汰出局。为此，父母为我着急。我想起了辅导员曾经对我说的话：我的口语表达能力和心理素质不好，会影响到我找工作。

这次市里一所学校招收6名教师，我学的是教育专业，并在书面考试中名列第一。

到了面试那天，我早早来到考点，与其他11名考生，等待老师到来。面试前抽签，我抽到最后的一签。漫长的等待，使得我心浮气躁，此外看到对手面试后的笑脸，我倍受煎熬。

终于轮到我了，走进考场，我一下就紧张了，主考官像极了我曾经惧怕的高中老师，他也有一张严峻的脸，也有一双鹰隼般锐利的眼睛。我站在他的面前，他审视的目光，使得我双腿不由得颤抖了。

他笑了，那笑从绷紧的肌肉中挤出来的，比不笑更让人恐惧。

他说："请你谈谈对今后教学工作的设想。"话语低沉却铿锵。其实，这样的问题在面试前，我已经准备过了，但此时脑中一片空白，我结结巴巴、口齿不清地将问题答完，用时比规定的15分钟，整整少了10分钟。

我尴尬地站在那里，主考官问："还有要阐述的吗？"我说着没有，狼狈地转身要走，手不慎将身前的杯子打翻，水流出来，把桌上弄得一片狼藉。主考官的桌前有纸巾，我红着脸，拿着纸巾，把桌上的水细心地擦干。其实，我知道我这次面试又失败了，我不会被录取，可以一走了之的，但我只是想把桌子擦干净。

面试回家后，我很沮丧，我认为自己真的很卑微，真的很没有出息。我闷坐在自己的房里几天没出门。

一天，邮递员给我送来了快件，我好奇地打开，是一张红红的通知书。我通过了那次应聘考试，成为一名教师，一家人为我骄傲和兴奋。可我的心里却很纳闷，我那么糟糕的面试还能被录用？！

到学校报到，接待我的竟然是那位主考官，他是学校的校长，我更迷惑了。他热情地和我握手，说着学校和他对我的期望。

就要走出他的办公室时，我道出我的疑问。他告诉我面试回答问题时，我的确很差。但我是那次面试中表现出色的考生之一，因为我有良好的行为举止，这是一名优秀教师必须具备的。他就凭借这点，说服了其他的评委，将我录取。而这些仅仅源自我在水杯倒后擦桌子。

原来，你一个不经意的小小举动，就会让别人看到你的内心，它像小小的火焰，映亮他人看你的眼睛，甚至映亮了你的人生。

信守慈善的坐标

奥克兰是新西兰最大的城市，弟弟在那里落户多年。这年5月，我应邀前去探望。

到后的第二天傍晚，我和弟弟及两个侄子在小区里散步。来到小区的草坪，孩子们在碧绿的草坪上撒欢儿，我和弟弟坐在靠椅上，欣赏异国的夕阳下的美景。大侄子跑过来，对弟弟说："爸爸，你看，玛丽莎和她妈妈过来了。"我抬头去看，一个四五岁的女孩，被妈妈牵着走来。小女孩金发披肩，脸颊白皙，一双眼睛澄碧明亮。两个侄子向她打着招呼，她也向他们挥手。

小区内行人较多，人们遇到了玛丽莎都热情地和她说话，有的人还亲热地抱抱她。我问弟弟："这么多人认识玛丽莎，她是小童星？"弟弟笑着说："她啊，就是我们社区的童星。"

几天后，弟弟收到一张活动通知，是侄子学校的家长委员会发来的。通知要求家长们在周末到学校里去，参加一项活动，内容是"为玛丽莎祈福"。那通知上有一张照片，正是我那天傍晚遇见的女孩玛丽莎，看了通知我知道了，玛丽莎患有先天性心脏病，已经动过三次手术，9月还有一个大手术等着她。我很好奇地问："玛丽莎没到入学的年龄，学校也管这些事吗？"弟弟说："这里的学校既是教育机构，又承担着社区建设的责

任。没入学的孩子，或者是成人，只要是属于辖区的，有了重大的问题，学校都会管的。学校里这些活动都由家长委员会组织。"我决定，周末要到学校去看看。

周末，我随着弟弟来到学校。学校的操场上站满了大人和孩子，主席台上一个中年妇女正在讲话。弟弟告诉我，她叫卡特赖特，在当地很有影响，是一个著名的生物学教授，也是家长委员会主席。卡特赖特侃侃而谈，她感谢这些年来家长们为玛丽莎所做的努力，在玛丽莎即将做手术之前，她想要家长们做两件事情。一是要家长们号召孩子们为玛丽莎祈福，自己动手画张卡片，卡片上写上祝福，并每人捐出零用钱2纽元。二是请一部分家长今天一起去开展一次募捐活动。

说完，卡特赖特宣布了参加募捐活动家长的名单。弟弟不在名单之中，他跟卡特赖特说了我从中国来，想参加这次活动，卡特赖特答应了弟弟的请求。

我们分头在辖区里与一些商户联系、洽谈。半个小时后，重新集合，汇报结果。有两家商户愿意为这次募捐提供货物。其中一家是超市，愿意提供热狗、饮料和薯片等食品，另外一家超市免费提供一些日常用品。

物品运送来后，我们一起动手，把食品搭配成午餐，又把超市送来的用品包装成礼物篮，当作抽奖奖品，并用电脑打印了奖券。一切完备后，已是中午。

随着卡特赖特一声令下，操场上一片欢腾，人们先购买简易的午餐，每份只有5纽元，大家席地而坐，高兴地吃着。吃完后，很多家庭的孩子们缠着大人去抽奖，一张奖券2纽元，大多数家庭空手而归，那些获得奖品的兴高采烈。最后，孩子们送上自制的卡片，并将捐款小心地放入捐款箱里。

活动结束，大家互道再见，离开学校。这次活动共募捐到9300纽元，当卡特赖特把这些钱交到玛丽莎父母手中，他们一脸的感激。我问："这

些钱够玛丽莎做手术吗？"弟弟说："手术费用肯定是不够的，那主要依靠医疗保障体系，活动主要目的是让玛丽莎一家得到一些生活费用和精神支持。"

整次活动，参加者的压力不大，商户也没有过大的损失，都不会产生逆反情绪。可在这个过程中，民众受到了帮助别人和社会参与的教育，拥有了一颗慈善之心。

特蕾莎修女说：我们常常无法做伟大的事，但我们可以用伟大的爱去做些小事。爱心是人性中最圣洁的一种品质，怀有爱心的人总是永远信守慈心为怀、善举济世的人生坐标。新西兰人的慈善之心，似一股纯澈的泉水，让我难以忘怀！

慈善的话题历来不乏关注，除了它的社会意义之外，更重要的是体现了财富拥有者的财富观和社会责任感。但衡量一个社会的慈善精神，不仅要看富豪阶层的财富观，还要从社会大众在日常生活中的慈善意识等方面来度量。

玉碎不如瓦全

皇祐三年，王安石任舒州通判。这天，王安石查访发现，舒州城最繁华的街上，有户人家正修葺庭院，那院墙探入街巷两尺有余，街巷流通不畅，行人怨声载道。王安石找到房主，问询缘由。那房主态度傲慢，不把他放在眼里。

王安石回到府衙向州府反映此事，州府告诉他，那房主是丞相文彦博的侄子李曦然，要王安石别管此事。王安石想，若舒州城里有来头的人都这样，那会乱得不成样子。他给文彦博修书一封，数月后，杳无音讯。原来，李曦然从小被母亲娇惯，任性蛮横，文彦博只能睁只眼闭只眼。

州府嘱咐王安石不要自讨无趣，王安石还是带了一班人马，将院墙推倒。李曦然大吵大嚷，可王安石并不让步，推倒墙后，还带人驻扎那里，李曦然无奈，只好命工匠们把院墙按照原来的墙基修好。

春节，文彦博省亲探望姐姐，州府欲宴请，却被李曦然拒绝，他在家摆了酒席，请州府及王安石到他府上。李曦然与文彦博端坐主人席之上，王安石前去拜见，李曦然冷冷地说道："呵呵，通判大人来了，我这里正缺一个斟酒的，请您给我们斟酒吧。"

客厅里是舒州城大大小小的人物，大家都看着这场闹剧。王安石看向文彦博，见文彦博面色尴尬，知他左右为难，想到如果此时吵闹起来，会

破坏了满堂欢庆的气氛，便说："好啊，我来给大家斟酒，你要付我薪水啊。"说罢，真的端起酒壶给大家倒起了酒。

酒宴结束，王安石向李曦然讨要报酬，李曦然见他如此给他面子，果真给了他一块银子，两人一笑泯恩仇。王安石出门后，将银子给了门口的一个乞丐。

这一切文彦博都看在了眼里，他被王安石宽广的胸襟折服，朝廷里官员们钩心斗角，需要的就是具有这样心胸的人。不久，他就向仁宗推荐，王安石调任京城为官。

人们常说"宁为玉碎，不为瓦全"。可如果玉碎了，连瓦的价值也没有了。很多时候，我们面对矛盾、纠纷，不妨弯下腰来，这样既保护自己不受伤害，还让人领略到宽厚的魅力，使自己能更轻快地抬起头来，挺直腰杆。

"宽容是荆棘丛中长出的谷粒。"感恩与宽容常常源自痛苦和磨难，这一切必须通过极强的毅力来训练。与此同时，个人的心智与胸怀也会在这一过程中得到新的体验与爱的升华。

第8编

细细嗅那爱的芬芳

爱是严冬里的阳光,

酷夏里的清风;

爱是暖春里花的芬芳,

金秋里果的醇香。

种一粒爱的种子在心田,

用真情培育,

让爱之花悄然绽放,

溢出灵魂的幽香。

让我们细细嗅那爱的芬芳。

善良是可以传递的

2004年10月6日夜里，加来道雄博士像往常一样，做完最后一个实验，记录下实验结果后，准备回家休息了。他是美籍日裔人，世界著名的科学家，纽约城市大学研究生中心的理论物理学教授。他的家就在离实验室不远的小区，只需穿过一条街道，行程不足十分钟。

加来道雄走到街道上，此刻已是凌晨两点，街道上没有了行人，路灯寂寞地亮着，异常安静。他忽然觉得胸口剧烈疼痛起来，"糟糕，今天忘记吃药了，冠心病发作了！"这个念头一闪而过，他想取出口袋里的药片，可手脚已不听使唤，他痛苦地倒下，看到死亡张开血盆大口，要将他吞噬。 就在道雄即将失去意识的时候，一个年轻人出现在他的身旁，盯着他，目光里流露出同情与关切。加来道雄感觉有救，艰难地对年轻人比画着，指着自己上衣的口袋，那里有急救的药品。年轻人明白了他所表示的意思，掏出了药瓶，倒出药片给他服下。

加来道雄服下药片后，虽没有性命之忧，但是浑身乏力，呼吸不畅，需到医院治疗。他请青年人给他拨打了医院的电话，不一会儿救护车风驰电掣般地驶来。年轻人转身欲走，医生却阻止了他，要他和加来道雄一起去医院，说明情况，以便确诊。年轻人犹豫片刻后，登上了救

护车。

经过治疗，加来道雄转危为安，出院后，他寻找那个年轻人，值班医生告诉他，年轻人是个通缉犯，到医院不久后暴露了身份，被警察局带走了。

加来道雄到警察局了解了情况，原来那个年轻人是纽约大学的一名学生，因为家境困窘，没有生活费，便和一个同伙拦路抢劫，造成被抢劫人受伤。那天晚上，他为了逃避追捕，准备趁着夜间逃跑，不想遇到了加来道雄病发。

加来道雄感慨万千，年轻人在危难关头，能舍身救助自己，说明他是个良知未泯的人，这样的人应该得到自己的帮助。

为了减轻年轻人的罪责，他出钱给那受伤的被抢劫人治疗，在受害人安然无恙后，他又联系了《纽约时报》的记者，将年轻人的事迹在报纸上报道。报道引起了很大的反响，很多市民要求从轻判处年轻人，曼哈顿法院因此只判处了年轻人2年监禁。

加来道雄又给他交了保释金，还与纽约大学交涉，让年轻人继续到学校完成学业，对他的生活给予资助。

年轻人学的恰是物理学，他不负加来道雄的厚望，刻苦学习，在加来道雄的指导下，几年后取得了博士学位，考取到加来道雄的研究室，成为加来道雄的学生。他就是加来道雄的得意门生威廉·杰斐逊，如今也是享誉世界的理论物理学家。

"人之初，性本善。"而善良是可以被传递的，威廉因一点善念，救了一个陌生的老人，老人又用自己的善良改写了他的命运。在这喧嚣的尘世里，这些星星点点的善良就像穿透阴霾的阳光，给人希望，给人温暖，如果每个人释放心中的那份善念，温暖别人也被别人温暖，生活定会如一副缱绻图画，温馨而美好！

待人处事要心存善意，与人交往要与人为善，对自己要求善心常驻。法国著名作家雨果就说过："善良是历史中稀有的珍味，善良是人类最高贵的品质。"人们在善良的相互传递中得到益处，在互相帮助中不断前进，在互相支持中共同走向美好的明天。

过年了，怀念一个人

年幼的时候，就盼望过年。在三天大年里，能吃到平日梦寐以求的食物，还可以见到平日很想见的人。

我那时最渴望见到的是盟翔。他的年纪虽大我一岁，可论辈分却是我的侄子。我的姨妈是他的外婆，如今几乎没有了这种情形，但那时这很常见。我们两家离得也只有三四公里的样子，一道宽宽的河流，让咫尺变得遥远。过年时，他的爸妈就带着他，摆着渡，到我家来一次。

我们有一个共同的爱好，便是看村里人家门楣上的春联。贴春联的民俗源于宋代，至明代开始盛行。火红的对联，映红了平淡的岁月，为节日增添了祥瑞，我想，这大概是人们喜欢它的原因。

我们小的时候，乡下识文断墨的人少，能写对联的更是稀少。整个村庄的对子，通常只由几人来写。对联上龙飞凤舞的字迹，让我们极其仰慕。每次盟翔来，我们不像其他的孩子去放鞭炮，而是在每户人家的门前流连，看到好字，我们便用手在空中点画，模仿字迹。我们小小的心中充满了渴盼，幻想着有一天，我们也能写出悦目的对联。

我们勤学苦练，终有一天，我们能拿起如椽的笔，写出一手漂亮的毛笔字。那时，我们已经长大，志向是在更高的天空飞翔。我读了师范，在乡下教书，给孩子们明澈的眼眸种植知识。盟翔在书画上天赋高，文化课成绩却不好，他没有考上大学。很多人的梦想，似乎就是在得知落榜的那一瞬破碎的。听盟翔母亲说，他高考后，足不出户，整天待在小屋里。

一个星期天，我去看望他，想安慰那颗受伤的心。他房间里墨香氤氲，墙壁上，我看到有遒劲的书法作品，也有意境高远的画，那些都是他的作品，他在学国画。他瘦了，眼里尽是血丝，和我说话时，我却看到他眼底的亮色。他告诉我，第二年，他要去考美术院校。我的心，在刹那间平定了，我知道他没有丧失生活的激情，也没有失去冲上高天的勇气。

第二年，盟翔真的考上了省城的一家艺术学校，在校学习期间，他很刻苦，他的书画作品频频在各级书画展中露面。还没有毕业，很多单位已向他抛出橄榄枝。我庆幸他有了美好的人生。可临近毕业时，噩耗传来，盟翔在一次书画展出时，遭遇车祸，年轻的生命硬生生地画上了休止符。

在他的葬礼后，我又去了他的小屋，墙壁上的字画依旧美观，但它们的主人呢？我泪水滂沱。

又是春节，对联在门楣上展开，可盟翔，他已像一缕清风，永远消失在岁月深处，离我越来越远，只留给我无限的哀思。

走过繁华，驻足人生的某一处驿站，蓦然回首，那每一份回忆，又何尝不是烟花尽舞后的积淀？指尖豆蔻，似水流年，那些走过的、正走的、未来的，就在心中清晰成路；那些得到的、失去的、希冀的，就在微笑中淡然成风景。

父亲是一株庄稼

我喜欢那些质朴而淡泊的庄稼，庄稼在几个月里，历经风雨雷电的洗礼，短短几个月后，穗端一片金黄，染了发似的。它们迎来了自己的花样年华，穗头便像向日葵那样，谦逊地低下来，似乎不能忘却大地曾经给予过的营养和恩惠。

我在乡间生活了十多年，曾与它们朝夕相处。但此后更长的读书和教书生活，渐渐割断并疏远了我们之间的联系。

那时候，和庄稼几乎天天见面：上学的路、走亲戚的路、赶集的路，两边都是郁郁葱葱的庄稼地，生活的领域，全都置于庄稼的包围之中。我有时捧着书本，坐在屋前的石碾上，长久地凝视着眼前碧绿而丰腴的禾苗，就会走神，希望有一天，能够像稻田上空的鸟儿，插翅飞出这片天地。我慢慢长大，终于有一天，我飞出了这片天空，离开了这方土地，远离了水稻、麦子及其他，也远离了节气。

庄稼，是我父亲的希望与寄托，是他顶礼膜拜的对象。父亲依旧生活在乡下，他一辈子扎根农村，对农村有着深厚的感情。他过着日出而作日落而息、恬淡幽远的田园式生活。"开轩面场圃，把酒话桑麻"，他有着自己的乐趣，有着自己的生活理想，这一切源于他对那片土地爱得过于深沉。

父亲今年67岁了，但年龄不能熄灭他耕种与收获的热情，他仍将汗水挥洒在田畴里。我常常想到，其实父亲也是一种庄稼——中国的庄稼。在广袤的土地里，父亲的目光、父亲的手、父亲的脚、父亲的身躯，结成一群庞大的发达的根系，挤着缝隙向土壤深处吸吮，吸吮大地的乳汁，喂养生命的水稻、麦子和山芋的果实。父亲的季节，一茬接着一茬。在岁月里，父亲是一张木犁，抑或一架水车，古老如他脚下深沉的土地。他劳作时的每一声吆喝，酣眠时的每一声呼噜，都是极为质朴的憧憬和回忆。父亲，是中国传统的庄稼，蕴藏着泥土淡淡的悲哀。他只知道劳作，只知道刀耕火种，只知道去接近深入那温暖他、折磨他一生的泥土。父亲的路，是朴素种子的旅程，流淌的是辛酸的河流。

每次面对父亲霜白的头发、铜黄的汗粒，我的心都有种被太阳炽热灼烤的隐痛；面对土地和年代，我无法用牛的形象来想象父亲。那一亩水稻从春种到秋收，要经过20多道工序，可兑换成钞票时却是薄薄的三两张。父亲可以忍受这一切，可这是一个绝对不等值的算式，我无法接受，便拼命读书，以期不再与土地一同悲伤。

现在我是一个土地的看客。这么多年来，我一直是一个看客，因为不会耕作和侍弄庄稼，只是一日三餐地消费它们。粮食和菜蔬，将我滋养得白白净净。

一次，父亲到我这儿来，恰好遇到邮递员给我送来稿费，他不明白一会儿工夫写就的千字文，就能换来百元的人民币，而他在土地里沐风栉雨忙碌三季还不抵上几篇小文的稿费？……说到稿费，父亲向来颇有微词。他认为我写的东西太缥缈、太空灵，没有水稻、麦子实用，更没有瓜园、韭菜地有内涵。他每每教导我说："别忘了你的脚底下沾着泥土呢！"看着父亲颈上凸显的血管，我觉得自己很渺小、很猥琐。我对这位来自农业部落的、以庄稼比拟人生的哲学家充满了神圣的爱与敬畏。

很多次在梦里我会来到庄稼的身边，近距离地接触它们，仿佛一个流

浪的孩子回到阔别已久的老宅，心里充满了亲切与温暖。

　　有时站在讲台上，我的眼前会迷蒙起来，讲台下的学生幻化为庄稼的形象，我则成为一名父亲样的农夫，教室便是那丰饶的土地，我们一起构成一幅火热的劳作图画。看来，我血管里奔流的仍是一股农民的血液。

　　我的父亲，是个感情质朴的农民。他一生耕耘于田园，如同一株庄稼，时时刻刻散发出淡淡的芳香，飘散在有我的天空。他，平凡、朴素，却又是那么伟大、无私。

圆月也会悲伤

晚上看了关于已故香港著名艺人沈殿霞的专题片，夜已深，我却睡意全无。踱到院子里，只见清辉满地，圆月高悬，四周静寂的只有虫儿的低鸣。仰望夜空，那月亮真的变成了童话里的公主，正暗自垂泪。

沈殿霞与郑少秋在马来西亚相识，那时郑少秋失恋，为了安慰他，她每天邀他吃饭逛街。失意的男人最渴望母性的关怀，他们渐渐亲近起来，步入婚姻殿堂。新婚燕尔，是沈殿霞最难忘的记忆，那时的郑少秋对她呵护备至，她围城里的风景，一派春色。

有些男人仿佛浮萍，在美妙的漩涡里，把持不住自己。婚后不久，郑少秋在拍戏时，先后两次爱上了别的女子。沈殿霞是香港超级女星，丈夫的绯闻让她颜面尽失，爱人的背叛让她心如刀割。可是内心的巨澜被她掩藏得滴水无痕，在人前她依旧笑靥如花，保持着她"开心果"的形象。最终，她承受着巨大的耻辱，原谅了负心的丈夫。

1984年，郑少秋又与官晶华纠缠于一起，为了爱情，为了女儿，沈殿霞有一天竟然闯到了郑、官拍戏现场，狠狠地扇了官晶华一记耳光。亦舒曾经写道，当那人不再爱你，你哭亦错，笑亦错，呼吸亦错，甚至死了，都是错。郑少秋因此与她分居，她由伤心到绝望，同意了郑少秋离婚的要求。

女儿嗷嗷待哺，家顷刻间土崩瓦解，遗留下的只有他的痕迹和气息。那些昔日的爱呀，已经化为一缕清风，远远地不见踪影了！那时已是深秋，她住在九龙塘剑桥花园的住所里，有邻居看到她整夜伫立窗前，没有入睡。她忧伤似海呀，那泪水一定流满了她的面颊。

曾经的爱人，成了路人。她与郑少秋时常见面，可每次遇见，就像遇到了一个普通的熟人，唯有点头示意。自此以后，没有男人出现在她的生活里，她对外人说，是怕女儿受到伤害，可最怕伤害的大概是她自己了。

2008年2月，沈殿霞病逝，她多彩绚烂而又悲凉沧桑的人生画上了句号。

在生命里，我们时常感觉有很多东西把握不了，譬如爱情、金钱、权势……某些时候，它们似乎已经触手可及，可当我们用手去碰触时，它们却像水流般从指缝里滑落，如清风般从指尖掠过，留给我们的，只有一片薄凉和无奈。

"正入万山圈子里，一山放过一山拦。"即使名人，生活也不可能处处遂意，就如同满月夜月亮也会悲伤。怀着一颗平常心，笑看花开花落，迎朝来夕往，不失为洒脱的人生。

很多人和你说不可能，只是因为他们自己办不到。人生总会有低谷，走过了你就赢了；人生无常，虽未必大起大落，却也常有坎坷跌宕；若能保持一颗平常心，按本色做人，按角色办事，按特色定位，不以失为忧，不以得为喜，人生就可时时安乐；安守一颗平常心，人生才能笑看风云。

儿子的姓氏

我和妻子工作都很忙，结婚后一直没要孩子。父母很着急，去年，儿子终于在千呼万唤中降临人世。

儿子出世后不久，我去给他办户口，到派出所前，我向妻子打招呼。她问儿子的名字，我说，我老早不就和你说过嘛。孩子还没有出世，我们就和大多数年轻父母一样，早早起好了他的名字。妻子笑着说，你的姓哪有我的好，将来儿子被人"小朱""老朱"地叫，难听死了。我知道了妻的心思，昨天岳母来了，她们娘俩聊了很长时间，我进房，她们就缄默了。我又想，妻是独生女，而我弟弟的孩子已经几岁了，就不假思索地说，那儿子就随你姓呗。

喝儿子满月酒那天，父母、岳父母都来了，大家席间觥筹交错、交谈甚欢，儿子的一个眼神、一句呢喃都是他们的谈资。我借着热烈的气氛，说了儿子姓氏的事，还没待说完，就看到父母的脸色阴沉了。酒席未散父母便回去了，走时也不像往常，抱着儿子左亲右亲。

两个多月，父母一次也没有过来。一个双休日，我们一家三口来到父母的住处。父母见我们来，态度冷淡，丢下我们，到厨房准备午饭。妻不自在，借口看朋友走了。一会儿，儿子可能饿了，大声啼哭。我平日里很少带儿子，手忙脚乱一番，他哭得更厉害了。母亲终于忍不住了，从厨

房出来，她一边责备我不会侍弄孩子，一边接过儿子。倒也奇怪，儿子到了她的怀中，就安静了，喝了奶粉后，他咧开小嘴咿咿呀呀地好像唱起了歌。母亲被儿子逗乐了，还大声喊来父亲，他们一起引逗儿子。两颗白发苍苍的头凑到儿子红扑扑的小脸前，很快家中就回荡着爽朗的笑声。妻此时恰好回来，看到这幅温馨的图画，笑了。

　　自此，父母隔三岔五就来看望他们的小孙孙。毕竟，姓氏只是一个冷冰冰的符号，亲情才是人们无法改变的高于一切的情感呀！

　　亲情，是一枝古老的藤，承载着对岁月的眷恋，对往事的缠绵。遒劲的枝蔓里，写满了思念、宽容、等待，凝聚了过去、现在、未来。

草木也会疼

春色正浓。

雅斯纳雅·波良纳庄园，满墙的爬山虎摇曳多姿。缤纷的花儿绽放，散发出馥郁的香气。鹅卵石小径旁，绿草铺满了土地。

伊万洛夫正在修剪一丛灌木。他是昨日刚来到这里的，他知道这户主人是著名的作家列夫·托尔斯泰，原先的家佣因年迈即将返乡，他接替了这份工作。当他被那个满脸皱纹的前任领进院子时，觉得院子里环境清幽，唯有道路不远处的两丛灌木很刺眼，灌木树枝葳蕤，但旁逸斜出，自由生长，缺乏层次，没有美感。这对于擅长园艺的他来说，眼睛不堪忍受。

今天早晨，伊万洛夫起得很早，给主人做好早餐，就拿着自带的修剪刀，给灌木修剪起来。随着轻快的咔嚓咔嚓声，两丛灌木被修剪得一般高，枝叶层次分明，伊万洛夫很有成就感，干得更起劲了。

忽然，伊万洛夫听到背后的轻呼声，扭转头，一个满脸胡子的人站在背后，一双清澈的眼眸里满是痛惜，正是他发出的呼声。昨天伊万洛夫已见过他，知道他就是主人。

伊万洛夫不知怎么了，停下手中的工作，恭敬地直立着身体，疑惑地问："怎么了？"

"这灌木就这么生长很多年了，它们长得多欢啊！为什么要剪掉枝叶呢？"

"修剪后，不是更美？"

"可是它们会疼的。不剪了，随他们去生长吧，自由的生命更具美感。"

百年时光，匆匆流逝。如今的雅斯纳雅·波良纳庄园，依旧树木成荫、花草葱郁，那两丛灌木仍在自由生长，没人去修剪它们，因为灌木的旁边，竖立着一块托尔斯泰手书的警示牌："草木也是会疼的。"

草木也会疼，一种多么悲悯的情怀，彰显着对自然的钟爱、对生命的尊重，是一种别致的人生感悟。

托翁出身贵族，可他背离当时的社会风尚，有着一颗关注平民、关注普通生命的心。他为与贵族军官发生了矛盾被判重刑的平民军人打官司，出国去贫民区考察，给平民兴办学校……一生都心系草木的"疼"。他笔下的人物，出身名门望族的，最终人性战胜兽性，为平民奔走；身份卑微的，心地善良，境遇坎坷，无不令人同情。这些立体的人物，不知打动了多少人，让无数颗心在深邃的人性海洋中复苏。

但是，在生活中我们总是只在意自己的处境，却往往忽略了他人的境况。我们只是关注着自己的痛苦，殊不知芸芸众生里，比自己境遇悲惨的大有人在。让我们具有托翁的悲悯情怀，"草木也是会疼的"，不去伤害不幸的人。

悲天悯人，回归人性，世界才会更美好。

悲天悯人的心是善心，是仁爱之心。古今中外，善心皆是个古老而现实的话题，它像一条红线，贯穿于人类社会生息繁衍的始终，像点点甘露，洒满人间世界的每一个角落。

愤怒的项链

已是深秋，纽约布鲁克天堂养老院里落叶飘零，几株红枫上火红的叶子，让清冽的空气显得温暖。

一早，琼斯就来到红枫下的长木椅边，搜寻着什么。这里是她最常来的地方，她每天有很长的时间坐在木椅上，手捧一条红宝石项链，絮絮叨叨。

纽约布鲁克天堂养老院不大，只住着6位老人。离琼斯不远处，养老院的另外5位老人，正在愉快地聊天，他们不时警觉地瞥一眼琼斯。

琼斯已经到养老院半年了，很少与其他人说话。刚刚来时，老人们试图去与她沟通，可换来的却是不理不睬，或一个白眼。养老院里原先氛围祥和，但琼斯的到来让这里稍显怪异。

琼斯不仅不与老人们交谈，对养老院里护工玛丽也很冷淡，甚至连院长约翰问候她时，她也不搭理。原先他们以为琼斯是个语言障碍者，后来发现并非如此，琼斯时常对着一条红宝石项链轻声呢喃，很多时候说个没完了。他们曾无意间听到过，琼斯说的是过去的事情，那时她与丈夫感情笃厚，项链是丈夫送给她30岁的生日礼物。丈夫在她40岁时病逝了，她将三个孩子拉扯大，如今子女都忙于自己的事业，将她打发到养老院来了。

琼斯到养老院这些时间，除大儿子送她来了一次外，便没有人来看望过她。她的古怪脾气估计连子女们也受不了。

在长木椅下，琼斯没有所得，她低着头，在养老院里四处走动，嘴里念叨着，神态焦虑，一直到午餐时仍是如此。看到老人们去吃饭，琼斯也默默跟着他们，无精打采地来到餐厅。

今天有土豆烧牛肉，玛丽给他们的餐盘里分配着食物。当到了琼斯时，琼斯忽然指着玛丽的脖子大叫起来："这是我的项链，怎么到了你的脖子上？"老人们看到那项链缀着一颗红色的宝石，颜色娇艳，很像是琼斯的。

琼斯伸手就要去摘项链，玛丽阻挡住她的手："怎么会是你的？这是我早就有的了。"

琼斯脸涨得通红，她不停地咒骂起来。院长约翰走过来。约翰是最公正的了，老人们相信他会还事情真相，将项链归还原主。

谁知，约翰在听了琼斯的叙述后，说："项链是玛丽的，你不能因为自己的项链丢失了，就把别人的项链据为己有。"

琼斯听了，像一头愤怒的母狮，她狂吼着："我的项链上刻有我的名字，不信就让玛丽取下来看看。"

"这就不必了，我确信这条项链是玛丽的，我们不能无端怀疑一个诚实的人。"约翰态度很坚决。

琼斯暴跳如雷，她撕扯着自己的衣服，不停咒骂。老人们纷纷指责约翰包庇员工，应该让玛丽取下项链，看看到底是不是琼斯的。

玛丽听了，取下项链，大家在红宝石背面看到琼斯的名字，要求玛丽将项链归还给琼斯。

这时约翰面无表情，说："不能因为上面有琼斯的名字，就断定是琼斯的，我只知道玛丽也有这样的一条项链。"

老人们都愤怒了，他们指责约翰为虎作伥，并一起安慰暴怒的琼斯，

说他们将与她站在一边，与养老院誓死抗争，要回项链。如果不能取得圆满的结果，他们将会报警，集体为她做证。

琼斯在众人的劝慰下，渐渐恢复了平静。她感激地看着几位老人，嘴里不停地说道："谢谢大家，谢谢大家！"

约翰和玛丽在众人的压力下，将那条项链交到了琼斯的手上。6位老人欢呼着拥抱在一起，像一群快乐的孩子。

约翰、玛丽面对此景，相视而笑。

从此之后，养老院老人们交谈时，有了玛丽的身影，她笑声总是很大。那6颗白发苍苍的头颅，相聚在一起的情景，如同一幅画卷，温馨而美好。

其实，项链事件是约翰导演的一场戏。他是联手玛丽，利用给琼斯打扫房间的机会，将项链偷偷拿出来。他知道，老人们一定会站在正义的一边，从而让琼斯感受到温暖，融入集体之中。

划亮一根火柴，远远没有把多根火柴聚在一起划亮获得的光亮和热能大。每个人必需提升自己的参与意识，融入团队发挥集体力量，以此增强团队凝聚力，形成星火燎原之势，推动组织取得更大的效绩。

第9编

星星照亮了幸福的脸庞

我向往纯真的笑脸，
虽然看过太多愁容满面；
我向往澄澈的天空，
虽然阴云总会布满。
我站在黄土堆成的墙上，
夜幕刚刚降临，
蔚蓝的天空星星闪烁。
星星照耀的大地如此妩媚，
我清晰地看到了幸福的脸庞。

只需有一片叶子

时常，我们感到很多东西把握不了，譬如权势、金钱、爱情……某些时候，它们似乎已经触手可及，可当我们靠近它时，它像流水般从指缝滑落，如清风般从指尖掠过，留给我们的，只有一片薄凉、无奈，甚至苦涩，让我们对生活失去了本该有的热情。

去年秋天，我出差到厦门。几十个小时的旅程，无聊乏味，再加上想到将要完成的工作，我心中焦虑。MP4的音乐不再优美，我拔下耳塞，沉沉地睡去了。醒来，肚子饿了，我拿出带来的一袋食品，食之无味。我这时发现，在我的对面，不知何时坐了一位老人，他满脸皱纹，秋阳落到他雪白的头发上，发出银光。他身穿一套黑色的中山装，里面是一件白衬衣。他从手提袋里拿出一杯热茶，再拿出一袋饼干，饼干包装简陋，是那种廉价的食品。他又拿出一本厚厚的书，是梁晓声的小说，他打开书读起来。读一会儿，他就喝一口茶，偶尔吃一块饼干，目光并不从书上离开，可他的手总能准确地找到饼干和茶杯。四周不时有行人走过，他好似没有发觉。过了几站路，他要下车了，书没有读几页，饼干也没有吃完，他收拾妥帖，悄然离去，一如他悄然地来。

那老人没有典雅的茶具、美味的糕点、相伴的友人，有的只是一杯清茶、一袋可以果腹的饼干、一本慰藉他心灵的书籍，却将平淡的时光，处

置得如静花般美好。

杜拉斯说：把灯关掉，以便看清灯泡。但我们何尝能做到，我们总是依仗着利益、虚名等等迷离的光，去观察生活，立身处世，失去了对生命这盏灯的真实判断和客观态度。

南美洲的热带森林中，生活着一种行动最迟钝、最缓慢的动物——树懒。一般情况下，它除了繁育后代，极少挪动。它整天倒挂在树枝上，一动不动，享受着森林里的鸟鸣、细雨和花香，还有那清新空气和温暖的阳光。如果肚子饿了，它就采摘身边的树叶，动作就像电影中放的慢镜头一样缓慢。由于行动太过缓慢，皮毛上竟长出了绿藻。可看过它眼睛的人都说，那是世界上最美的眼睛，它们明亮、纯澈、安详，如一篇至真至纯的童话。树懒对生命的要求仅是几片树叶，它的心灵自然安静，举止自然安详。

梭罗说，给我金钱，给我权势，给我爱，不如给我真理。他一生都在追寻那些真理，而那些真理，就藏在他自给自足的生活里，藏在清澈的瓦尔登湖湖水里，藏在他探险途中洒落的汗水里。

即使我们真的一无所有了，但只要还有一片叶子，那就没关系，像树懒一样，慢慢采摘下来，轻轻咀嚼，也能供养我们的生命和灵魂。

跋涉在人生的长河中，就像漫步在满是贝壳的沙滩上一样，美好的东西太多了。如果我们向往过多，追求过多，结果总是难遂人愿。就像春的娇艳，夏的繁荣，秋的金黄，冬的凝重，我们不能同时享受一样，我们也不可能同时拥有人生全部的精彩与美丽。

流年，流年

《匆匆》一歌中唱道："初看春花红，转眼已成冬，匆匆，匆匆，一年容易又到头，韶光逝去无影踪……"的确，流年像一部古旧的黑白电影，随着机器吱吱呀呀地转动，很多故事便发生了，接着悄然隐匿在记忆里，再也打捞不出了。转眼，人到中年，一切豪情散尽。只是，在一些静寂的暗夜里，很多面孔会浮现在脑海中，他们横亘于岁月深处，让失眠的夜思绪起伏。

童年明澈而静远，宛若一曲清亮的长笛，在蓝天里高高地飘飞。我们的童年物质匮乏，可快乐将这一遗憾弥补。那时没有幼儿园，一直到7岁，我和伙伴们在旷野中自由生长。我们是自然的孩子，清新的空气、温暖的阳光是给予我们最好的馈赠。村头，我们一起捏泥人；村后，我们一起下河捕鱼……后来，我们走进了校园，捡起课本，慢慢长大。

那些细眉细目盘踞心头，却永远也长不大。今年，我和儿子回老家，遇到了一个少时的伙伴，他小学就到外地读书了，如今又在异地工作，我们二十多年没有见过。看着他刮得发青的下巴，胖胖的油脸，我是无论如何也不敢相信，他就是原来的他。和他话别后，我喃喃道："怎么就这么老了？"儿子说："爸爸，他看起来，比你年轻得多。"我不知道，他看了我现在后，心里会不会也是翻江倒海。还有些童年的伙伴，再也看不到了，他们像蒲公英的种子，散落在大地上的每个角落，扎根、发芽、吐

蕊，仅存记忆，与我没有了联系。

年少情怀总是诗，青涩时代，更多的是女孩闯入心里。那时，一片绿叶，一朵野花，一缕浮云，都会和一个女孩联系起来。踟蹰在黄昏的街道，人流熙攘，众多的面孔从眼前晃过，最打动吸引自己的，就是与那个人相似的眉眼。

我喜欢的第一个女孩，是我师范时的同学，我坐在她的背后，很少看到她真切的模样，可是我从她的言语、举动，能清楚地知道她的表情神态。她高兴时浮起的笑靥，失落时微蹙的眉头，虽偶尔看见，却已在脑海中一遍遍地勾画过，烙印在那里了。有一次，我读着书，偶然抬头，恰巧，她转过头来，我们的目光对接到一起，她粲然一笑，那纯澈的眼眸，亮亮的目光，像电流，瞬间让我有窒息的感觉。可我直到毕业，也没有向她表白过什么。那曾经石破天惊的岁月，都化作素淡悠远的回忆了。

你无法贪得无厌，得到一些，便会失去一些。我有了妻子、孩子，正当繁花似锦的时刻，最厚重的叶子，却凋零而去。去年，父亲与我阴阳两隔，永不再见。人生由此，好像翻越了几重岁月河山，一片荒凉。父亲与我心息相通，血脉同源，这是阻不住思念的理由。

幼时的伙伴、初恋的情人和逝去的亲人难以忘怀，还有我的朋友，甚至与我只有一面之缘的人，也占据了我脑海的内存。我们在无意中邂逅，发生了一些或甘甜如饴，或不堪回首的故事，然后分手，可他们却从此走进了我们的心里。

流年啊，流年，像清澈幽深的潭水，在灵魂深处荡着波光，我们的生命在流动中越发充盈、饱满。

生命如此辽阔，我们看不见了起点，也不能望见终点。也许我们就只有慢慢地追逐，慢慢地失去，慢慢地得到，然后记忆里酸甜苦辣一一明显，看清谁上演了最华美的篇章，书写出最动人的篇章，勾勒出了那年我们一起看过的幽幽月光。

做一株蕴满年轮的树

傍晚，批改完学生的作业，我走出办公室。孩子们都走了，校园里一片寂静，在夕阳映照下，校园里风景如画，那花圃里花儿绽放，灿然缤纷；小径旁的香樟华叶如盖……我放慢了脚步，欣赏迷人的景色。

来到校园门口，我看到老槐树下伫立着一位老人。老人满头的白发，身体却挺拔硬朗，他正仰头凝视。他是学校的老校长，那株老槐树是他30多年前栽种的。我走近了，和他打着招呼。老校长在我来到这所学校时，就退休了，十几年了，我每天都能在校园里碰到他，他像学校里一位义务勤杂工，有时很早就清扫校园，有时和调皮的学生聊天，我们很熟络了。

我问他：这么晚了怎么还不回家？

他说，看着树，忘记时间了。

我笑着说，树有什么看的？

他面色肃穆起来，幽幽地说，树的一生也像人的一生啊。

老校长的故事，我经常听同事们谈起，他命运多舛，父亲是国民党政府里做官的，在他未降生时，就去世了。母亲将他拉扯大，读书时，因为家庭成分不好，初中毕业后，被学校勒令退学。到了乡下，因为读书时是高才生，被村里推荐为代课教师。他边教书，边读书，可就因读书，在课

堂上对学生说了读书的体会，被打成了"右派"。直到"文化大革命"结束后，才被平反。他参加高考，被师范学校录取，毕业后，娶妻生子，本以为就此人生通畅，可儿子却是脑瘫，20多岁时就永远离开了他和老伴。老伴前几年也走了，如今他孤身一人。

我满心疑问，树怎么会是人呢？

他笑了，一脸灿烂。他指着那株槐树，说，你知道，树的横断面有一圈圈的年轮。那是因为树在春秋之时长得快，而到了秋冬的时候，气候寒冷，长得慢，这一快一慢，就造成了树质密疏有别，形成了我们所看到的年轮。恰是这年轮，让树枝干结实，能傲立大地之上，一年又一年，给人间带来绿色和生机。

我问，这和人有什么共同之处呢？

年轮的形成是因为季节气候变化，人的一生也难以逃脱磨难和挫折，这些挫折和磨难让人生越发厚重，战胜了这些磨难，人才是真正的人啊！

我的心空灵起来，原来遭遇的磨难也是我们生命的养分，滋养着我们，让我们长成一棵年轮紧密的树呢。

人总是希望平坦和安危的，谁也不想要折磨式的历练，但是磨难却没有因此而不来。作为被动的承受者，又不想就此妥协，那么，就拿出你的智慧，化腐朽为神奇吧，人生将因此而走向美丽。

人生的“萤光”

夏天的夜晚，月亮在云朵中穿行。小院里，葱郁的葡萄架下，一个小女孩依偎在父亲的怀里，看着浩瀚的星空。忽然她发现，有星星在她身边飞行，她惊喜地喊："爸爸，爸爸，你看星星在我身边飞呢！"父亲慈祥地笑了，他说："傻闺女，那不是星星，那是萤火虫。"

"萤火虫是虫子呀，它怎么会发光？"小女孩疑惑地问父亲。

父亲抚摸着她的头，说："它很勤快，它不停地扇动翅膀，就能发出光来。"

渐渐地，小女孩不说话了，她在父亲的怀里进入了梦乡，在梦里，她喃喃地说："我也要做一只勤劳的萤火虫。"

小女孩慢慢长大，她步入校园，读书刻苦勤奋，18岁时考入了新疆大学地质系。三年级时写论文，导师告诉他们，男同学可以开展一些实地考察活动，写出论文；班级里的9名女生，可以写一些关于实验室的论文，以避免风吹日晒。

她听了导师的话，感觉还是考察后写出的论文更有分量。她决定写以新疆为主体的干旱区生态环境方面研究的论文。

1988年5月，一群青年在塔克拉玛干沙漠中跋涉。这里沙垄相衔，峰脊如刀，不见半点人烟。高悬的烈日下，沙子闪耀着迷人的金光，可一脚

踩下去，烫得人直皱眉头。

人群中，有一个纤弱的身影，从那低垂的秀发，可以看出她是个女孩。她不时抬手拭汗，那清秀的脸庞被晒得漆黑，嘴唇干裂脱皮了，有血丝渗出来，可她跟随着人群，一步也不落下，每一步都充满了坚毅。

那个女孩就是她，为了完成论文，她随着科考队到这里来考察。她是班级里唯一没有选择与实验室有关题目的女生。

短短的二十来天考察，那肆虐的干旱、满目的荒凉，以及当地人们一贫如洗的生活，给了她很大的震动，她非常希望自己能做点什么，改变这种现状。她决定把以新疆为主体的干旱区生态环境方面的研究，作为自己毕生的事业。

毕业后，她即投身到这项研究之中，工作一段时间后，她感觉知识匮乏，1992年，她又远离父母的呵护，到中山大学读博士。毕业后，她回到新疆大学从事原专业的研究。

1999年，她被聘为"973"项目的首席科学家。由她牵头申报的"中国西部干旱区生态环境演变与调控研究"项目，被国家确立为"973"项目。她开始带领百余名中外科学家进行中国西部干旱区生态环境研究。虽然一开始曾被人说成"小丫头"，个别人甚至不好好服从她的任务分配，但她用自己的实力和努力做出了回答，她每日奔波在荒漠和实验室之间，最终他们的研究获得了国际认可，多项成果被联合国在全球推广。

研究结题时，她这只萤火虫差点儿不能再挥动翅膀——她的肝部发生了病变，住进了医院，医生说她大概只剩下一个月的时间了。她听后，拔下了针头，回到了学校，要把手头的事情做完。她的母校中山大学得知这件事，用最好的医生给她制定了治疗方案，就是肝移植手术。虽然成功率低，但是大概是她感动了上苍，手术取得了成功。

她手术后出院，休息不到一周的时间，就参加了教育部举办的高校领导海外培训班。从法国、德国回来后，她又赶往北京、云南、陕西等地忙

于博士点的申报……她就像一只不停扇动翅膀的流萤，画出一道道美丽的弧线。

她就是我国年轻的科学家潘晓玲。

动是流萤萤光的源泉。而人，也像那萤火虫，只有勤奋起来，不断寻找生命的价值，才能使自己在岁月的飞翔里发出"萤光"，人生由此熠熠生辉。

日月经天，江河行地，人生如月，盈亏有间。在人生短短数十春秋中，怎样才能找到生命的坐标、实现生命的价值，成为一代代人不懈探究的难题。其实，无数优秀的人给了我们答案：不追求虚幻的物质享受，而是能在历史长河中掬一捧水，找到生命的真正价值！

半句话的座右铭

达·芬奇是意大利文艺复兴时期最著名的美术家。少时的达·芬奇爱好颇多，可绘画在他心目中的地位无与伦比，他每日放学回家就拿起画笔，不吃不喝，完全沉浸在画面上。那个时代，绘画是一项低贱的职业，他的父亲希望他子承父业，学习法律，做一名公证人。可由于酷爱画画，达·芬奇常因专心学画而耽误了读法律书籍，而且屡教屡犯。

一个夏天的中午，烈日炎炎，无比酷热。午后三点，是达·芬奇读法律书籍的时候，可父亲查看时，看到他还在一个劲儿地画画，不禁大怒，把他的画板砸碎，还责令他站到院里的阳光下暴晒。达·芬奇伤心极了，泪如雨下。酷暑和伤心，令他的泪水和汗水滴落到院子里的石板地上，久久不干。达·芬奇看着脚下，竟然产生了灵感——他用大脚趾为笔，以泪水和汗水为墨，很快一只栩栩如生的小鹿就出现在地上。

达·芬奇的父亲站在儿子的身后，一声不响看完了儿子整个作画过程。他大喜过望，认识到儿子是绘画上的天才，日后定成大器。于是他把达·芬奇送入了委罗基奥的画坊，系统地学习绘画和雕刻。达·芬奇没有辜负父亲的期望，不仅成了赫赫有名的画家、雕刻家，还成了建筑家和首饰家。他一生创作了无数美妙的作品，充满传奇般的色彩。

达·芬奇的画室里有自己写的一则座右铭，只有半句话："将泪水和

汗水凝集成……"生前，他的学生问他什么意思，他笑而不答。死后，学生们品味这句话，回味无穷。

有的学生认为："这半句话的意思是将泪水和汗水凝聚成美好的画卷。"

有的学生认为："泪水和汗水既能凝聚成美好的画卷，还能化作其他很多美好的事物。"

后来，学生们形成共识，那是达·芬奇在教导人们："要用泪水和汗水去实现理想，得到一切想得到的美好事物！"

中国画崇尚"留白"，它是意境的重要组成部分。在我们人生的每个阶段，总有一些语句回荡在脑海，激励我们不断前行。如果哪话语具有让人想象的空间，定会像中国画中的"留白"一样，愈发让我们难以忘怀。

寻觅自己的海

1992年9月的一天，晚上8点了，偌大的办公室里空荡荡的，年轻的袁岳独坐在电脑前，时而蹙眉沉思，时而敲击着键盘，他在赶写一份材料。四周静悄悄的，他敲击键盘的声音和墙壁上嘀嗒嘀嗒的钟声显得格外响亮。

作为西南政法大学硕士研究生的高才生，去年，他被司法部办公厅破格录用。他文笔健硕，思维活跃，理论深厚，厅里大大小小的材料都出自他手。领导们对他都很满意，可在这人才济济、深似海洋的机关里，他何时能得以提拔，化蛹成蝶，他自己不知道，也没有人能给他答案。

时间在流逝，转眼夜已深了。忽然，一阵噼啪声传入他的耳膜，在寂静的夜晚，那声音惊心动魄。他四处观望，发现一只肥胖的飞蛾，正在窗外盘旋，它想飞进办公室明亮的灯光里。可是厚厚的玻璃阻挡了它，它一次一次地撞击着玻璃，毫不气馁。

袁岳看了会儿，摇头笑了笑，继续赶写材料。终于，最后一个字完成了，他长舒一口气，活动活动臂膀。他再看那窗户，发现那只飞蛾还在撞击玻璃，不过，这时它已经筋疲力尽，撞击声也微弱了。他心中升起了一股感动，多么执着的飞蛾啊！

走廊的灯离窗户很近，他拉灭办公室的灯，打开廊灯，廊灯发出了温

柔的呼唤，飞蛾扭身朝着廊灯飞去了。它趴在廊灯上，微微扇动着翅膀。那里，才是它最好的居所。

袁岳立在黑暗里，久久看着那飞蛾，他回忆起曾看过一篇文章，一粒沙子羡慕珍珠的璀璨，像那只飞蛾一样，忍受阵痛，却总是寻找不到孕育光华之所。而自己呢？酷爱创业，渴望有时间进行经济学的研究、写作，可却为着渺茫的前途，辜负韶华。

一个大胆的想法呈现在他的脑海里，他重新打开了办公室的灯，写了一份辞职报告。第二天，他把辞职报告与那份材料一起交给了领导。

一个月后，他用积攒下的四万块钱，创建了零点调查公司，迅速成为本土咨询业的佼佼者。如今，他已是公众型企业家。

一只飞蛾，想要有安身之所，不是看付出了多少艰辛，而是需要有一个通透的光源；一粒普通的沙子，若想成为瑰丽、闪亮的珍珠，重要的是找到成全自己的大海，这样才有机会进入贝壳体内，历经磨砺，生长成为一颗光亮耀眼的珍珠。

要开创自己不一样的人生，必须选定适合自己的方向，目标确定，然后一步步往前走，才能尽早实现自己的梦想。林肯说过：我走得很慢，但是我从来不后悔。因为他走得很慢，他要辨别方向，但是他从来不会往回走。寻找到属于自己的方向，就像为心灵打开了一扇窗，透进来的阳光，会把整个人生都照亮。

缘在高层

2005年，高阳还是中国国际金融有限公司债券投资经理。一天，他得知鹏华基金管理有限公司要招聘一名副总裁。鹏华基金虽创建不久，在业内却非常有名，于是他决定应聘，经过多次笔试和面试，高阳和另外两人进入了最后的面试。

面试那天，高阳准时来到指定的地点，那是总裁办公室。办公室里只有一个人，他自我介绍是总裁的秘书，他告诉他们："今天总裁邓召明先生准备主持面试，因公司里发生了意外的事情，他不得不去处理，他留了便条给你们。"他给他们三人每人一张纸条。高阳打开纸条，上面有一个手机号码，还写着："请在今天与我联系，我会通过这部手机与你交谈。"

高阳回到家，立刻掏出手机，拨打了那个号码，话筒里传来："对不起，您拨打的电话欠费停机。"他不相信自己的耳朵，以为弄错了号码，再一次细心地拨了一遍，可听到的还是那句话。他认为总裁忙，误缴了话费，但今天这样重大的事情，总裁会很快缴费的。于是每隔一段时间，他就把那号码拨打一遍，可直到晚上，手机还是打不通。高阳想能不能在今天与总裁联系上，直接影响能否应聘成功。

高阳来到邻近的一家缴费厅给那部手机续了100元话费。他再次拨打

那部手机，手机里传来一个洪亮的声音，他朗朗笑着说："我是邓召明，请你明天到我办公室来。"

第二天一早，高阳来到总裁办公室，那两人也来了，他们手里握着纸条，高阳发现那手机号码与他的并不一样。他们都很愤怒，围着秘书大声询问："你们的总裁呢？我们要见他。他为什么对我们撒谎？我们电话打了整整一天也无人接听！""请稍等，总裁正在处理公务，他马上就会接待你们。"秘书不急不躁地答道。

不久，邓召明从办公室出来了，还没有等他们开口，邓召明就对两个面有愠色的人说："昨天的面试，很遗憾你们没有通过。"他伸出手，与高阳的手紧紧握住一起："恭喜你，成为我们鹏华基金的副总裁！"

邓召明接着对那两人说："昨天我给你们每人一个号码，三个号码刚刚开户，都没有缴费。我等了一天的手机铃声，只有高阳打来了电话。你们俩只要像他一样，给手机交上一定的话费，就可以轻松地找到我了。"

他补充道："我们是一家投资公司，作为我们的职员，特别是公司的管理者，如果不懂得收益与风险并存，没有敏锐的投资意识和准确的投资眼光，公司将如何发展，怎么立足？因此，只有高阳先生适合做我们的副总裁。"

事实证明，邓召明的选择是正确的，高阳在随后的工作中运筹帷幄，独当一面，为鹏华的新崛起做出了巨大贡献。其实，对每一个求职者来说，在谋求某个职位之前，首先要问自己有没有从事那份工作的意识和眼光。"不畏浮云遮望眼，只缘身在最高层。"因居于非同凡人的高处，意识强，眼光远，思路便会开阔，见解便会深刻，求职的胜算便会越大。

无限风光在险峰，如果不把自己置身于最高层，怎能看到天高地远的无限风光？不把自己置身于最高层，如何能领略到人生真谛？让我们努力攀登，从学识、修养、思想等各个方面完善自己、深化自己，攀上人生之峰的最高层。

究竟占了谁的便宜

　　舞台上，她轻盈的身躯流转着，如微风掠过水潭，像薄雾弥漫森林……飘逸的舞姿携着泥土的气息，夹裹古典的韵味，远离现实的炊烟，却直达我们的心灵。她是一位真正的"舞蹈诗人"，总是给人以超然、空灵、淡泊、抒情的印象。她，便是杨丽萍。

　　杨丽萍是一位至情至性的舞者，她取得的辉煌，可以将她高置于云端。可是她却俯身尘埃里，散发着质朴的光芒。

　　她有自己的舞蹈团，几十个热爱艺术的人集中在一起，他们要生活、吃饭。因此，她常说跳舞同种地一样，要按节令撒种，按节令除草，不然地荒了，庄稼就要歉收。他们靠频繁的演出挣钱，然后给演员发工资，购买道具、服装。她以为用舞蹈养活了那么多的生命，还养活了他们的灵魂，这就是占了便宜。

　　杨丽萍的舞蹈皆取材于民间，而民间的素材浩如烟海，糟粕与精华俱存，有些需要提炼。拿神鼓来说，它有70多套打法，打完要十来个小时，这怎么能拿来演出？她将之加以浓缩，在舞台上只用两分钟，将其最精华的部分展现出来。还有些素材需要改编，如《映象》里的海菜腔，在流传的地区，人们慢慢地拍手唱，节奏舒缓，使人昏昏欲睡。而经过她的改编，充满了动态的美，它的魂被唱了出来，有生命，有力

度,有美感,演出时大获成功。她认为知道怎么处理素材,怎么做能使之好看,这也是占了便宜。

杨丽萍觉得人就是一粒尘土,自己也是。但尘土也有它的价值,一小粒一小粒的尘土集合起来才有土地,万物才有生长的可能。所以她对与她共事的人,都可以捧出心。随着舞蹈团在国内外演出,声名鹊起,团里有些台柱子想单飞了。

她说,不管他们是跟她学编舞还是跳舞,单飞自立天经地义,就像离婚一样,他们是奔着幸福去的,这没有什么让人苦恼的。有幸的是曾经拥有过他们,看过那些鲜活的青春在舞台上绽放,这其实就是占了很大的便宜。

2008年元月,是西藏气候最为恶劣的季节,杨丽萍去拉萨采风。在参观大昭寺时,一缕极透的阳光从屋顶穿过,落在壁画上,缓慢移动触角。她眼睛一亮,旋身融入阳光之中,情不自禁地舞动起来。她一直这样,她跳舞不只是在舞台上,她在任何空间时间都能起舞。她常说,没有人能阻止她跳舞,她能与舞蹈相伴一生,这就是占了大大的便宜。

杨丽萍究竟占了谁的便宜?其实,她占的是自己的便宜。她以为占了便宜,所以心态平和,可以安静地游在舞蹈的海洋里,汲取营养,创作出优秀的作品;她以为占了便宜,所以心如止水,可以冷静地面对人的聚散离合,避免了心陷泥淖,不能自拔;她以为占了便宜,所以胸怀感恩,感谢生命中的一切,为已有的而满足,不为失去的计较。这是一种智慧的处世哲学啊!

"与人方便"是"成人达己,成己为人"的捷径,是人生的一种境界。"吃亏就是占便宜"的重点不是占便宜,而是对社会、对别人多一点关心,多一些奉献,少一点自私,少一些冷漠,从而让周围的世界更加温暖和谐。

南开的窗

尼古拉刚上中学，他上学要经过一幢房子，房子有扇窗户向南开着，那里坐着一个女孩，常常双手托腮，静静地看着野外。她似一尊雕塑，有着无言的美丽。此时，春天还在南方，野外看不到鲜花，也不见绿草，只有西伯利亚的风在空中呼啸。可那屋子里一定很暖和，尼古拉有时能看到女孩脸颊上有一抹好看的红晕。尼古拉喜欢看那女孩文静的模样，但是父亲让他改变了看法。

尼古拉的父亲是一名军官，他高大英俊，是尼古拉的骄傲。可是，那是1946年，第二次世界大战刚刚结束，尼古拉前几天听说父亲在一场战争中洒血疆场。父爱不存，尼古拉的世界是一片黏稠的黑暗，他的心里流淌着仇恨，眼睛看任何东西都充满了暴戾。

这天，尼古拉经过那幢房子，女孩不在。报复的心理让他捡起了一块石头，狠狠地砸向了窗户，玻璃"哗"地就碎了。

第二天，他看到女孩坐在窗前，风凛冽刺骨，刮乱了她的长发，可她仍双手托着下巴，眺望着田野。她瘦削的肩膀在风中颤抖，脸颊冻得苍白。这让尼古拉心中涌起不安。

尼古拉到学校问那女孩的情况。同学告诉他，女孩叫丽达，生下就患了小儿麻痹症，瘫痪了。她父亲也战死沙场，她与年迈的奶奶相依为命。

放学后，尼古拉站到窗下，丽达用纯澈的蓝眼睛看他，问他的来意。他说家里有纸板，他要拿来给她遮挡风寒。

丽达拒绝了，她一字一句地说："不，我要看春天慢慢染绿大地！"

尼古拉第二天请了假，跑到远远的集镇上，买回了一块玻璃，给丽达安上。他和丽达由此成为朋友，没事时，也来到丽达的家，和她一起看慢慢抵临的春天。终于，春风徐徐吹来，田野碧透，鲜花铺满了小径。

人生难免遭遇挫折，可在心底要有一扇向南开的窗户，让阳光、春天和爱走进来。阳光会扫净片片阴霾，爱会洗去心灵斑驳的锈迹。而那春天，会让我们蓓蕾一样的心，在岁月里无拘无束地灿然绽放。

人生就像容积不变的瓶子，你放的快乐多，悲伤就少；反之，整个人生就是一个郁闷的状况。而所有的这一切的乐与悲、幸与不幸，都是由每个人的心态来决定。生在这个世界上，有些固定条件虽然无法选择，但是我们的内心世界是可以由自己来控制的。

精美的石头会唱歌

　　黎慧灵，家住重庆市忠县石宝镇。2002年，三峡库区蓄水，石宝镇因在设计水位下，需整体搬迁。在搬迁计划制定后，很多商人开始在石宝镇承包建筑工程。当时黎慧灵在医院工作，看到移民搬迁这个赚钱机会，辞职做起生意，然而他没有像大多数人那样去做建筑，而是独辟蹊径做沙石。

　　黎慧灵的判断让他抢占了先机。沙石在长江边上随处可见，一吨沙石可以卖二三十元，虽除去运输的费用，每吨利润只有两三元钱，但整个城镇都要重建，沙石的需求量大，集腋成裘，每年他可以赚到上百万元。

　　黎慧灵请的工人大多是外地的，2004年的一天，他与一个南京的工人闲聊，那工人说，三峡石石质不比南京的雨花石差，打碎做混凝土太可惜了，如果整个卖的话，价钱会相当高。这话引起了黎慧灵的注意，小区或者园林的道路和墙壁的装饰，需要雨花石，重庆市场上的雨花石一直都是从南京进货，每吨的运费就要两百元，不说别的，这两百元不就是利润？

　　他请教了有关专家，专家说黎慧灵采集的石头，经过分拣、打磨和抛光，确实就能加工成雨花石。为了可以赚到更多的利润，他马上去南京花了20多万元引进了雨花石加工技术。数月后，他的三峡石加工厂建成，加工出的石头并不比南京的雨花石差，价格也比雨花石便宜，商家纷纷与

之签订了供销合同。他做梦也不敢想的情况发生了，原来一吨只能卖到二三十元的沙石，加工后竟然可以卖到上千元钱，他赚了个盆满钵溢。

2009年，黎慧灵到西安出差，途经西安市的民俗馆，看到一场精彩的表演：一个年近八旬的老太太，满头银发，坐在炕上，面色安详，她在剪纸。她手持一把金色的小剪刀，手指翻飞，纸屑纷落，很快一张普通的大红纸便被剪成一只公鸡。那公鸡头颅高昂，尾羽饱满，衬着一些镂空的花样，栩栩如生，似乎要从老人手中挣脱下来。看罢演出，一个大胆的想法在他脑海中诞生了——普通的纸片，经过裁剪，就有了那么美的图案，自己的那些石头呢？

回来后，他剖开一块酱红色的大鹅卵石，切面后的石头露出了圆润的红色，即使在干燥的空气里也依然温润似玉。他激动得几天睡不着，带着一麻袋三峡石去了南京雨花石村，请工艺品师傅设计。果然，经过他们的手，那些石头有的被制成玲珑剔透的胸坠，有的被打磨成憨态可掬的小猫，有的被画上图案后成了意境幽深的盆景……

2010年4月，黎慧灵以重庆宝印旅游开发有限公司的名义，带着三峡石参加全国旅游品展览，被重庆市政府一眼相中，挑了3件代表重庆去义乌参加国际商品博览会。三峡石代表着整个长江三峡的风貌，用三峡石切割打磨出的工艺品纹路美丽、色彩夺目，极富三峡库区地方特色，十分抢眼。几天展览下来，公司就接到了两张共计170万元的订单。

后来，黎慧灵又请来著名的工艺美术家于子仲，他20多年前从清华大学毕业，一直从事旅游工艺礼品调研，他的设计适合现代人审美眼光，他根据三峡石的自身特色，设计出很多造型，如依靠三峡石本身椭圆的身形，打磨成烟缸，缸盖盖上时，如同一块光润的鹅卵石；揭开盖子，一个能储物的烟灰缸则显山露水。这些设计投放市场后，果然大受欢迎。

通常来说，一吨原材料，经过黎慧灵的设计和加工，有可能卖到上百万元，甚至更高。现在一座以三峡石为主题的博物馆正在筹建当中，黎

慧灵希望和更多的人来分享三峡石带给人们的惊奇。

　　2500年前，楚人卞和在三峡北岸荆山脚下寻到奇珍"和氏璧"，是三峡石最辉煌的传奇。可是从此之后，三峡石就沉寂了下来，被滚滚黄沙包裹，淹没在江底，散落于河滩，最多是被卖到工地上做了大厦脚下的垫脚石。黎慧灵重新让它展现了美好的容颜，唱出动听的歌，演绎出新的传奇。

　　一块石头，在大多数人的眼里，平凡普通，可有的人却将它打磨成璀璨的金子，看来，世界缺少的不是财富，也不是机会，而是独到的眼光和聪慧的头脑啊！

　　鹰的眼光是锐利的，因而能迅速捕获食物；壁虎的眼光是长远的，因而敢于自断其尾。在现实生活中，生活看似无形，然而具备眼光和智慧的人，会发现它就在自己的掌握之中，自己便是生活的船长。

狮子不可怕

夜已深了，街道上人影寥寥，只偶尔有车辆呼啸驶过。他脚步趔趄着向家走。晚上，他独自在饭店喝酒，醉了，趴在桌子上睡着了，饭店打烊，他被赶了出来。他实在不想回家，那里是个荒城，只有寂寞疯狂滋长。

和妻相识在大学的校园。那是个春天的早晨，他早起锻炼，她在一株桃树下晨读。在他跑过她身边时，她仰起脸，那脸颊似盛开的桃花，眼眸也像蓝天，清亮而澄澈。那一刻，他不可救药地爱上了她。

经过两年苦苦追求，他叩开了她紧锁的心门。他们相知、相爱，毕业后步入了婚姻殿堂。新婚之夜，他拥着她娇柔的身子，心中溢满幸福。

围城里的风光云淡风轻，一片明媚。他们有了女儿，看到嗷嗷待哺的小生命，他毅然辞去半死不活的工作，自己创业。凭着才干睿智，他的公司与女儿一道，一天一天长大。前几年，他动员她辞职回家做全职太太，照顾女儿。他实在忙啊，每天清早到公司忙碌，直至夜深才归。回到家，女儿已熟睡了，可看到女儿恬静的笑脸，他很满足。对她，他想，反正已是自己生命的组成，不再有花前月下的浪漫，他忘记了在情人节送她一束玫瑰，忘记在结婚纪念日回来吃顿晚餐，甚至忘记了在她生日时说声生日快乐。

直到有一天，他回来时她还坐在沙发上等候。见他回来，她对他说："我们离婚吧，孩子我带走，你的财产我一点也不要。"他彻底蒙了。

原来，寂寞的她在网络上认识了一个男人，他们多次见面，她深深地

爱上了他。虽然他没有宽敞的房子，没有丰厚的收入，只有一颗懂她的心。

女人心不在了，家便墙倾瓦塌。一个月后，他们办理了离婚手续，她带着女儿走了。钱再多也换不来爱情和亲情，甚至得不到她们离去时的一个回眸。他将公司转让给别人，终日买醉，在醉梦里，他还能和她在一起，找到一丝安慰。要到家了，他想抽支烟，烟盒里却一根烟也没了。他看到小区前一家杂货店门还未关，便走过去买烟。

店里，店主正看电视，他叫了一声，却没有反应，店主仍紧盯着电视。那里正上演着一场激烈的屠杀：辽阔的非洲草原，残阳如血，几头狮子正在围捕一头牛羚。

牛羚在狮子的包围中左冲右突，好几次差点儿被狮子扑倒，身上被狮子利爪划破，流淌着鲜血。它奋力狂奔，来到了河边，纵身跃进水中。不会游泳的狮子，只有眼睁睁看它游到对岸，和牛羚群汇合。

电视到这里并没结束，牛羚身体受伤，腿一瘸一拐，到了牛羚群后，没有因刚才差点儿被狮子活吞，而精神萎靡。它只是休息一会儿，就起身摇着尾巴，快乐地啃食野草，宛然忘记方才惊心动魄的遭遇。

他也看得痴了，想到，牛羚这样柔弱的动物，在差点儿葬身狮腹后，短时间就能轻松放下。它们面对生死，都能如此坦然，这世界上还有什么放不下呢？他挺起了胸脯，混沌的目光逐渐清朗。

此后，他重新笑对每日的阳光，不久后，他又找到了一份爱情，开始了新的生活。爱情凋谢、事业失败、亲友反目……它们宛如一头头凶狠的狮子，时常游弋在我们身边，让我们忧郁、痛苦，甚至带来灭顶之灾。可如果我们像那头牛羚那样，有了灵活的策略、豁达的心态，一定会逃脱险境，坦然面对。

狮子，并不可怕！

谁都曾面对生活痛苦犹疑，谁都会有不上台面的时光，那一点儿也不丢人。别人的生活没有你想象的好，你的生活也没有自己以为的坏。你的伤痕甚至都不能比别人更独特。"心若向阳，无谓悲伤。"

铁球的内心

太阳刚刚升起，夏威夷海滩上没有多少游人，显得非常空旷。沙滩在朝阳下一片金黄，一高一矮的两个黑皮肤少年，在沙滩上嬉戏着。他们时而打闹追逐，时而奔向翻滚着扑来的海浪，时而低头捡拾五彩的贝壳，可更多的时候，他们坐在沙滩上，翘首远望浩瀚深蓝的大海，像是寻找某个答案。

那个高个子是奥巴马，另一个是他的同学杰克森。他们一年前来到著名的精英学校檀香山中学读书，但学校里白人学生、老师对他们非常歧视。他们因此叛逆、堕落、迷惘、无助……时常逃学、泡妞，甚至去买来大麻吸食。

奥巴马曾在一篇文章中写道："我在十几岁的时候，与任何一个绝望的黑人青年一样，不知道生命的意义何在。烟酒、大麻……我希望这些东西能够驱散困扰我的那些问题，把那些过于锋利的记忆磨到模糊。我发现我了解两个世界，却不属于其中任何一个。"奥巴马所说的"两个世界"，自然是指黑人与白人虽共同相处，但他们的精神领域和现实生活却似乎总是存在着某种隔阂，一张看不见却异常牢固的网把彼此阻隔、区别。

这个学期，他们迎来了新的班主任邓纳姆，她是一名漂亮的白人教

师，对黑人学生平等对待，还推荐奥巴马担任学校篮球队的队长。这个学期开学一个多月了，奥巴马没有逃学过。前一天晚上，奥巴马和杰克森值日，他们将教室的地板拖得干干净净。同组值日的还有一名白人学生，他擦窗玻璃马马虎虎，没有擦干净。奥巴马善意地提醒他，他怒目而视，还鄙夷地说："黑鬼，你们没有资格教训我，看看你们拖的地板，都被你们的肤色染黑了。"奥巴马和杰克森气坏了，将他狠狠地揍了一顿。第二天，他们不想受到老师的训斥，就来到海滩闲逛。

晚上回家，他们得知邓纳姆老师已打来电话，说不会责怪他们，要他们到学校上课。他们来到了学校。果真，邓纳姆老师见到他们，没有批评他们。

上午，有一节邓纳姆老师的课。上课时邓纳姆老师没有手执教科书和教案，而是一手捧着一只铁球，一手拿着一只气球。邓纳姆老师将铁球放到讲台上，又将气球系好，微笑着说："今天我们来做个实验。"说罢，她从衣兜里取出一根细针，先刺向铁球，铁球安然无恙。接着她又轻轻刺了一下气球，气球"砰"的一声就爆炸了。

邓纳姆老师微笑着问道："你们根据看到的现象，能分析一下为什么会有这样的结果吗？"

这样的问题对于檀香山中学的学生来说，太简单了，大家纷纷发言，指出铁球是实心的，就算使劲地摔都摔不坏，用细针去扎，对它毫无影响。而气球是空心的，里面只有空气，气球被针扎，气体瞬间溢出，针孔边立即产生了很大的应力，气球壁直接被这样的收缩应力扯碎了，自然就爆了。

邓纳姆老师对同学们的回答很满意，她不住地点头，接着问道："从这个实验中，你们又能得到什么样的启示呢？"

奥巴马与全班同学一样，面面相觑，教室里只有风吹过的声音。

邓纳姆老师见没人作答，说道："气球内的气体充得越多，越是容易爆炸。就像一个人，越是自卑，越是表现为自尊，容不得别人的侮辱，

甚至是善意的提醒，一触就跳。气球因为气体过多，爆炸了。过于自卑的人，也会毁灭了自己啊！"

接着她又讲述了很多因为自卑而导致的人类惨剧，同学们听得聚精会神。奥巴马听了，在震撼之余羞愧难当。

邓纳姆老师最后有力地说："要想真正拥有自尊，就像那铁球一样，要有强大的内心，这内心来源于坚硬的铁块，得益于高温炉的千锤百炼。而人的强大的内心，是由厚重的修养、丰富的学识和良好的习惯形成的。"

奥巴马听了，忘记了和全班同学一起为老师的精彩发言鼓掌，他陷入了沉思。

自此以后，奥巴马不再迷茫彷徨，他广泛涉猎各个学科知识，积极参加各种活动，与人交往时不妄自菲薄，也不狂妄自大，最终成为美国的第一位黑人总统。

人的成功与种族、肤色和容颜无关，"人人都可以成为自己命运的建筑师"。这需要我们有铁球那样强大的内心！

一个内心强大的人，才能真正无所畏惧。也只有内心的强大，我们在生活中才会处之泰然，宠辱不惊，不论外界有多少诱惑多少挫折，都心无旁骛，依然固守着内心那份坚定，从而走向辉煌，走向成功。

第10编

等待一杯甜美的香槟

当命运
给你一杯苦涩的胆汁，
请别慌着皱眉，
因为，下一杯
就是邀请你
进入生命殿堂里的香槟。

做一块自信的石头

1998年元月，乔布斯在担任苹果公司CEO一年后，决定在世界范围内招聘一位首席执行官。

经多轮考核，三人进入了最后的面试，分别是蒂姆·库克、汤姆·斯蒂芬和迈克·琼。紧张的面试开始了，汤姆·斯蒂芬走入苹果公司的中心会议室。室内一派庄严，苹果高层悉数到场，乔布斯正襟危坐在圆形会议桌的中央。他看到斯蒂芬进来，微微点了一下头，先提问了几个简单的问题，斯蒂芬对答如流，可乔布斯不时打断了斯蒂芬的发言，连珠炮似的问下一个问题，先前还镇定的斯蒂芬头上渗出了汗水。

最后，乔布斯问："假如你担任了首席执行官，你认为苹果的目标应该是什么？"斯蒂芬清清嗓子，张口就说："苹果的目标在于制造优秀的产品，应该集中于少数真正重要和有意义的项目。"乔布斯听了，重重地说了声："不。"其他高层也交头接耳起来，会议室里一片嘈杂。斯蒂芬停顿下来，心想是不是自己的说法有悖苹果的新动向。会议室逐渐安静下来，他犹豫着继续往下说，可几分钟后，他的讲话又被乔布斯一连声的"不"打断了。他慌乱起来，感觉是自己一定错了，他支支吾吾、结结巴巴，再也说不下去了。他主动停止了面试，耷拉着脑袋走出会议室。

迈克·琼在面试时，遭受了同样"礼遇"，也心灰意冷地结束了面试。

轮到蒂姆·库克了，回答最后一个问题时，他说道："我认为我们苹果应该专注于创新，信奉简单而不复杂……"乔布斯说了"不！"，可库克稍作停顿，继续按照他的思路往下说："公司的项目很多，可是要删除稂莠，将注意力集中于少数真正重要和有意义的项目上。"乔布斯故伎重演，不时地用"不"打断他的讲话，但库克依然坚持着，不紧不慢，直到讲完了想说的。

库克发言完毕，乔布斯严峻的面孔不见了，他微笑着说："你说得很好，这符合我们苹果一贯的做法，并且以后我们还要这样去做。"并伸出手来，紧紧握住库克的手，其他高层也纷纷鼓起掌来。

库克任职数月后的一天，他与乔布斯闲聊，他问："汤姆·斯蒂芬、迈克·琼和我面试时，说的其实都差不多，为什么他们都落选了，而唯独我获得了您的肯定？"乔布斯注视着库克："他们知道该干什么固然重要，可更重要的是确信自己有这个能力。当我屡次打断你们的时候，只有你像一块自信的石头，不被左右，你的表现告诉我，你对自己有足够的自信。"乔布斯停了一下，喝了口咖啡，接着说："即使全世界在向你说'不'，你也要相信自己，对自己坚定地说'是'，并用行动证明给世界看。"库克埋于心头很久的疑问豁然开朗。

乔布斯的眼光没有错，在他多次因病"离岗"的日子里，库克凭着他的自信，在人才济济的苹果公司顶住各方面的压力，负责日常运营，并深受好评。2011年9月，他正式接任了乔布斯。

很多时候，即使我们的想法非常正确，做法没有瑕疵，可还是能遭遇各种各样的声音，他们重复着对我们说"不"。它们如道道激流，吞噬了我们的雄心壮志，浇灭了我们的热情和自信。我们要做一块自信的石头，在滔滔洪流中，立稳脚跟，"相信自己，对自己坚定地说'是'，并用行动证明给世界看。"

　　如果选择做一棵树，就要像树一样不卑不亢；如果做一株草，就要像草一样坚韧顽强；如果做一朵花，就尽情开放，不要错过了花期，徒留落寞的悲伤，即使没有玫瑰一样惊艳的颜色，但一定要散发出最诱人的馨香。用绽放一朵花的时间，来绽放自己的人生。

棋　道

夕阳落下了山岗，疲倦的鸟儿飞回了林子，路上满是下班人的脚步。批改完学生的最后一本作业，我却不想回家，踱到同事家下一盘围棋。

对围棋的喜爱自幼时始，那会儿爱看古籍，常被书中的场景吸引：在深山里涧谷旁的松树下，两位银髯老者，面对棋盘，冥思苦想，任身旁涧水奔流、松针飞落……

工作后，为其所累，很长时间没有下棋，后来逐渐摸索到一些为师为人的方法，能坦然面对，便又下起棋来，这才知道棋中蕴含着许多教书和做人的道理。

围棋棋盘由十九条横竖线交错而成，棋盘虽小，但内中藏有一个庞大的世界。这个世界在常昊等著名棋手的眼中也许秩序井然，在我们这些愚钝人看来却遍布陷阱。那黑白子仿佛是一个个难以驯服的儿童，稍不留神便会给你制造难堪，把你引入绝境。因此，初下时，我连战皆负，可我乐此不疲，屡败屡战。

时间和努力的混合剂可以将一切难题溶解。渐渐地，我也摸到围棋中的一些门道。

下棋时要胸有全局，每下一步都要审时度势，不要局限于狭小的空间，去寻找最大的场所，努力让自己的每个棋子生动起来，形成模样。

很多时候要善于舍弃，不要把每个棋子都视为珍宝，敝帚千万不能自珍，该舍弃时一定要舍弃，否则当时虽会救回几个破子残子，待会儿它们甚至会成为累赘，让你苦不堪言，一败涂地。

下棋时不能贪心，要知道这个棋盘不属于你一人，还有他人的存在，你付出得比他多，可以多获取一些利益。但别人也在耕耘，也有付出，他也有得"空"的理由。

坐到棋盘前，还要有一颗平静的心。棋局变幻莫测，在顺境时不要沾沾自喜，需看到潜在的危险，若稍不留神，便会前功尽弃，品尝失败的苦果；在逆境中也无须意气低迷，睁大你的双眼，认真思索，付诸行动，将潜能发挥到极致，胜利常常会向你露出微笑。

棋道即是人道。生活犹如一盘棋，萦绕古筝的音韵，滴入如茶的时空。古往今来，多少棋盘上叱咤风云的人却在人生之棋上一败涂地？有人每一步小心翼翼，拘泥谨慎；有人天马行空，看破尘俗；有人灵活自如，随机应变。所以才有人陷入泥潭，难以自拔；才有人隐居山林，不食烟火；而最终的胜者只能是有大胸襟、远眼光，不动声色控制局面的沉稳之人。

老族长的选择

罗托鲁阿市位于新西兰北岛中部火山湖畔，森林密布，湖光潋滟，山色迷离，游禽戏水，鸥鸟翔集，空气中弥漫硫磺的香气，热泉灰黄泥浆随处可见。这里是毛利人聚集地，来自远古的毛利文化神秘多姿，观光游客终年不绝。

罗托鲁阿分布着十几个村落，奥克兰是其中之一。村里的族长业已年迈，要从村民中选出一人接班。村里有两个年轻人呼声最高，分别是艾米和洛克，两人都威武英俊，才智双全。

这天，一群欧洲游客到村里观光，他们被村里古时的草舍、岩洞、树屋、树穴、树哨、弯弓、石器、大刀、长矛等震撼了，流连其间，直到夕阳西下，才想起要回城里。艾米遵照老族长的安排，小心翼翼地送那些游客返回。

村里与外界相连的是一座小桥，桥下是一汪碧绿的海水。小桥年岁已久，为保持远古气息，一直保持着原貌，人走上去，摇摇晃晃，很是惊险。

游客中，有个胖乎乎的男人，自恃胆大，走到桥心时，他扭着身子，使劲地摇晃，桥剧烈动荡起来，游客们都脚步踉跄，很多女游客发出了尖叫。那男人见此情景，越发得意，晃得更起劲了。只听到维系桥身的

缆绳吱吱响着，忽然轰然一声，桥倾塌下来，桥上的数十人都跌落到水中。有些会游泳的，扑通扑通地游向岸边，不会游泳的发出了呼救，情况万分危急。

艾米也落入水中，他临危不乱，一边自己抢救落水的游客，一边请那些水性好的帮忙救人，还让上岸的游客去岛上喊人来施救。经过一番劳碌，游客都被救起，没有人出意外。

老族长匆匆赶来，看到众人无恙，松了口气。

经过这次事件，村民们都认为，在危急时刻，艾米勇敢无畏，组织有方，这次新族长非他莫属了。艾米心里也这样想。

几个月后，老族长卸任，可他推荐的新族长却是洛克。面对艾米的委屈和众人的不解，老族长缓缓说道："上次游客遇险，艾米的确表现良好。洛克甚至没有出现在救人的队伍里。可他为什么当选了呢？关于桥需修缮，洛克在今年就向我提了三四次，他经过勘察，认为桥到了非修不可的时候了。可每次都被我否定了，我怕因为修桥，影响了游客来观光。就在事发的前一天，洛克又向我提出修桥，我仍没有同意，我们因此吵了一架，他愤而离开村子。"

艾米打断了老族长的话："他这样不听调遣，独断专行，能做好族长吗？"

老族长笑着说："他不听话，是因为有自己的主张，而那主张恰恰是正确的。试想，假如我当时听他的，就不会有此危险，你说，这样会不会更好？"

村民们都明白了，老族长看中的是洛克对事情的预判能力以及对岛上事务的责任心，而不是艾米出事后表现出的勇敢。

是啊，对事情高强的预判力，看起来平平淡淡，还有些无事生非，让人生厌，但是可以避免很多的损失，这比那些出了问题再去冲锋陷阵的英勇之举更为可贵。

　　预见能力不是一种特异功能，也不是与生俱来的能力，它是人在生活中的感知能力、总结能力、判断能力的综合体现。我们完全可以通过在生活和工作中不断地磨炼和培养，让自己拥有慧心和慧眼，具备这种能力。

尊严的底色

伊扎克·帕尔曼是当今世界最著名的小提琴家。他生于以色列，后移居美国。他4岁时患了小儿麻痹症，导致终身残疾。少年时期，帕尔曼在纽约的朱丽叶学校学习，每个星期日，他都骑着轮椅去不远的滨河公园拉琴，换取生活费。

又一个星期日下午，帕尔曼照常来到公园湖边的柳树下拉琴，周围很快聚集了为数不少的听众，大家都被悠扬的琴声吸引了。几曲奏罢，他取下头上的礼帽，推动轮椅，向观众索取酬劳，大家纷纷解囊，帽子里马上堆积了许多硬币和纸币。

帕尔曼来到一个魁梧的男人身边，递上帽子。那男人大概喝多了酒，满身的酒气，他掏出一张大额的纸币，却不放入帽中，而是扔到帕尔曼的轮椅下面。

帕尔曼艰难地弯下身子，拾起纸币，他没有放到帽子里，还给了那个男人。那男人非常蛮横，又狠狠地把纸币扔到了地上，说："那是你的了，捡起来！"

帕尔曼一字一句地说："请您捡起我的钱币，放到我的帽子里！"现场的气氛霎时紧张起来，大家都担心地看着帕尔曼。

帕尔曼接着说："您的钱掉到了地上，我一个残疾人能为你捡起来；

现在，我的钱掉了，您也应该为我捡起来。"

围观的人群爆发出热烈的掌声，那男人愣住了，脸上露出尴尬的神情。他慢慢弯下腰，捡起了钱币，放入帕尔曼的帽子里。

此后，那男人时常来听帕尔曼的演奏，并和帕尔曼成了好朋友。每次听完，他都默默地向礼帽中放入钱币。

那人是扎林·梅塔，后来成了纽约交响乐团主席。正是和帕尔曼的那次较量，让他看到了帕尔曼残疾的身体中蕴含的巨大的力量。20世纪80年代，他和帕尔曼合作，出版了多部曲集，帕尔曼由此一举成名。

对人性的坚守是尊严的底色，作为一个人，应该有尊严地活着，在任何情况下都不能丧失气节、品质，这可使人更加纯粹，也愈发得到他人的尊重。

尊严不是一种奢求，每一个人都有足够的理由展现自己的尊严，而只有每一个人都能自信地诠释自身的尊严观，并表现得淋漓尽致，每一个人的尊严才能汇集成一个国家的荣耀。当每一个人都视尊严如生命，我们的社会将走向成熟。

曲径通幽

胡雪岩粗通文墨，因是长子，需肩负养家的责任，便帮富人家放牛。12岁时，一位亲戚见其聪慧，推荐他到杭州一家于姓钱肆，当了学徒。

初入钱肆，他不得老板重视，每日做些扫地、倒夜壶等杂役，很难置身到柜台，习得本领，他心中郁闷，行事便马虎了许多。一日，给客人倒茶时，他将茶水洒落到客人身上，老板严厉斥责了他，他倍感委屈，告假回乡。

回到绩溪老家，他终日无精打采。母亲得知原委，百般劝说，没有效果。恰是春季，一天雨后，母亲对胡雪岩说："山上竹笋一定发了许多，我们一起去采笋吧。"胡雪岩最喜吃笋，便应允了。

他背上竹篓，与母亲来到山上竹林。雨后的竹林空气清新，竹叶青翠欲滴，竹林内人影绰绰，可春笋却难得一见。原来，人人都知雨后多笋，他们很早就来了，几乎采尽了春笋。胡雪岩叹了口气，说："我怎么就这么背呢，连吃竹笋的口福都不能享有？"

母亲也摇头叹息，忽然她指着竹林的地上，那里有一条被人踏出的路，一片片褐色的地衣躺卧在草丛里，母亲说："雨后地衣肥厚，味道也很好的。我们不妨拣些地衣回去。"虽不开心，胡雪岩还是和母亲沿着小路，拣拾地衣。至竹林深处时，他们已经拣了满满一篓。

他们路过山下的集市，集市未散，母亲说："拣的地衣太多了，咱们也吃不了这么多，这种鲜东西，搁几天就不好吃了，我来把它卖了些。"

新鲜的地衣还真抢手，不一会儿，就卖了大半，得到了不少钱。集市上有不少人在卖竹笋，那些竹笋也是他们刚刚采摘的，他们也是采得太多。母亲用卖地衣的钱，买了很多竹笋。

晚上，胡雪岩吃着鲜嫩的竹笋和地衣，它们汲取了大自然的灵气，味道极为美妙，胡雪岩食欲良好。母亲在桌上幽幽说道："很多时候，我们无法直接得到我们想要的。可是，走一些看似弯曲的路，通过交换，也会得到想要的结果。"胡雪岩听了，若有所思。

第二天，胡雪岩就辞别了家人，返回杭州的钱肆。这次回来后，他不再怨天尤人，更加勤快了，每天早早起床，替老板端洗脸水、倒尿壶，扫地抹桌买早点。开店后，有客户来办业务，他总是见机做事，替客人端茶递水，热心服务。

很快，他就得到老板的赏识，由学徒变为"跑街"，走上了前台。在此后漫长商贾生涯中，他身处困境不低迷，将之作为通向理想之国的"幽径"，一直前行。最终，他成为中国近代富可敌国的企业家、著名的政治家。

处世为人不是几何，并非直线距离最短。有个成语叫"曲径通幽"，走过那蜿蜒曲折的通道，前方便有妖娆的风景。甚至，会让你在迂回后，步入峰巅，一览众山小！

自古雄才多磨难，人生道路往往没有直线可走。我们不妨学那河流，河流遇到大山阻挡，不是直冲，而是迂回取胜，或是积蓄实力以漫石而过。这是一种智慧，也是一种成功之道。

理想也有对手

2000年，刘谦大学毕业。他希望做一个轻松的上班族，每天上班赚钱，回家帅气地玩魔术。

经多次面试、复试，他被一家日资公司聘用，他的工作便是运用大学所学的日语知识，给公司做日汉翻译。这份工作看似简单，可并不轻松，白天他要做口语翻译，晚上很多时候还需加班，翻译日本总公司传过来的文件。这份工作薪金颇高，一年后，刘谦就有了一笔不菲的存款。

渐渐地，乏味、单调的工作，让刘谦厌倦，他也因没了时间来研究喜爱的魔术，生活失去乐趣。他宛如迷失于灌木丛生的森林，找不到方向。

一天晚上，他做完了一份翻译，从公司回到家。夜已深了，他睡意全无，独自坐在客厅的沙发上发愣。母亲看到，从房间里出来，端来两杯牛奶，坐到他的身边。

知子莫如母，多日来刘谦的反常表现，母亲已经目睹。她喝了一口牛奶，说："我有个朋友，是柔道高手。他练功的方式很独特，他有一间自己的练功房，房子四周张贴着自己的愿望。每次练功，五六个助手同时向他进攻，他在练功房里闪转腾挪，与助手们周旋，还大声把墙上的字条读出来。"

刘谦听了很感兴趣，问："这样练功目的是什么呢？"

母亲说："他是要通过这种方式，告诫自己，要时刻专注于自己的梦想。"

母亲接着一字一顿地说："我们生活在社会中，梦想每天都要被现实进攻，而且对手不止五六个，甚至更多。"

刘谦看着母亲镜片后充满深意的眼睛，陷入了思考。几天后，他决定辞职，母亲对此并不反对，可有很多朋友劝他改变主意，他对朋友们说需要半年时间，做自己喜欢的事情。在这半年里，他每天都是独自待在房间，沉浸在魔术的世界里，虽然失败、孤独、误解和讥笑这些对手时常作祟，可被他——战胜。

2001年年底，他参加了魔术界的"奥斯卡"——世界魔术研讨会国际魔术大赛，获得银牌。他是第一个首次参加就获奖的魔术师，他自此一炮打响，将魔术转化为终生的事业。

如今，数以万计的大学生走向社会，为了找到一个赖以生存的职业，很多人不得不放弃自己的理想，任其湮灭于尘世。我们不妨学习刘谦，学习那位柔道大师，在世界没有给我们洞开理想窗户的时候，我们不要轻言放弃。即使不能潇洒辞职，但可以抽出一部分时间，沉浸于自己缤纷的世界，说不定，在击败众多对手后，理想之树会绽放艳丽的花朵。

理想让你的人生有了目标，有了动力，使你避免"当一天和尚撞一天钟"。有了梦想并不断为实现它而努力，你的人生就会因此而丰富多彩。所以，无论何时，无论何地，你都不能舍弃了你的理想。

每个位置都可被取代

表弟出身农家，大学毕业后，应聘到某家IT公司任职。他工作勤勉，思维活跃，经过几年奋斗，由一名普通的员工，升职为重要部门的经理，不仅拿着高薪，还被确定为公司高层的接班人。他的事业天高云淡，一马平川。

前几天，我遇到表弟，看到他神色萎靡，问他原因。他愤愤不平地告诉我，说因为一个失误，被老总批评了，老总还说如果不思悔改，他的位置会被取代。表弟说到这里，情绪激动起来，说自己在大学时学习努力，专业知识深厚；他把全部的精力放在了工作上，成绩杰出；加之经过几年的摔打磨砺，经验丰富。他还想炒了老板的鱿鱼呢。此时，他一脸的自负。

我听了，摇摇头，笑着对他说了这样一个故事。

伊扎克·帕尔曼是当今世界最著名的小提琴家。他二十几岁时就已经当上了乐队首席小提琴手。但他却没有忘乎所以。旁人对其表现出的谦和、沉稳的态度，欣赏而惊讶。帕尔曼有一天在向学生讲课时，揭开了谜底。

1979年，帕尔曼刚当上乐团的首席小提琴手，他也有些头脑发热，认为自己才华盖世，没人取代得了。

有一次，乐团排练一支高难度的曲子，它是为帕尔曼量身打造的，指挥并没有让其他小提琴手练习，因为他们很难有能力将其拉好，也不会有上台的机会。一天，帕尔曼把谱子丢在了家里，那谱子乐团只向参加演奏的人发了一份。他准备派人回家去取，大提琴手对他说："不要回家了，向在演奏其他曲目的小提琴手借就行了。"

帕尔曼心想，大提琴手一定是糊涂了，其他的小提琴手又没有参加排练，怎么会有曲谱呢？但他还是找到其他几位小提琴手，他们正在一起训练，他问他们："你们有谁能借我我排练曲子的曲谱吗？"话音未落，那几个小提琴手都从各自的谱架上拿出谱子。谱子是他们自己抄的，上面都密密麻麻标注着演奏的轻重、缓急及情感分析，有的比帕尔曼的还要详细。

帕尔曼对学生说："那时，我一下子清醒过来，原来离开了我，乐团不会塌下天来！在我的身边，很多人一直都在紧紧地盯着我，他们在暗暗努力，时刻准备取代我。以后每当我想偷懒、自满的时候，就会看到一张张曲谱在我的眼前飞舞，看到一双双渴望超越我的眼睛。"

听完了我说的故事，表弟脸上的狂妄不见了，他意识到自己错了。他之所以能得到公司的赏识，就在于他的勤勉和朴实，而今他心态变了，由事事为公司着想，变为从自身的角度看问题，且不带有丝毫委屈的情绪。

这世界上不缺乏能人，如果心态不改变，无论你换了什么环境，无论你处于什么位置，都会被人取代。

工作需要聪明的人，其实更需要踏实的人。聪明的人，总是不认为自己的能力有问题。时间长了，他会抱怨自己运气不好，抱怨那些看起来资质普通的人，总能比自己走运。慢慢地，影响心态。所以，在聪明和踏实之间，我们不妨选择后者。

现实版"灰姑娘"传奇

亚历山德拉是个波兰姑娘，在伦敦读完大学后，想在英国找一份工作。

她学的是教育学，欲应聘一份与之相关的工作。可是，她长相丑陋，身高1.8米，脸颊却很短小，比例显得极不协调。最糟糕的是她口吃，一句简短的话要结巴几次才能说完。很多次，用人单位对她的简历产生兴趣，但面试后，就没了消息。

英国就业形势严峻，在四处碰壁无果后，她很消沉。为了生存下去，她迫不得已与一家家政公司签订了协约，成为一名打扫屋子的清洁工，每周工资为250英镑，勉强应付日常开销。

3年过去了，她已经26岁了。这天，她给一户人家打扫房间，主人都外出了，只有一条宠物狗陪着她。那是一条体态娇小的博美犬，肩高不足15厘米，名叫米莎，它全身皮毛洁白如雪，亚历山德拉很喜欢它。

有一次，米莎背着主人，偷偷跑出去玩，遇到了一条凶悍的哈巴狗，被哈巴狗用爪子按在地上。亚历山德拉恰好来打扫屋子，看到了，吓跑了哈巴狗，解救了米莎。有了救命之恩，每次来，米莎都会友好地在她身边转来转去，和她嬉戏玩耍。

　　亚历山德拉一边和米莎逗乐，一边拖地板。拖到客厅时，不小心碰到了茶几，一个圆形的储蓄罐被碰落了，骨碌碌滚到了沙发下。她俯身去拾，发现储蓄罐滚到靠墙那里，夹在沙发腿和墙间的空隙里，手臂够不到。她用拖把柄去扒拉，也无法扒拉出来。沙发很重，她一个人不敢拖动，怕将木地板划出痕迹。

　　她愁眉不展。这时聪明的米莎明白了她的窘境，它俯身钻到沙发底下，匍匐着来到储蓄罐旁，用灵巧的小爪子，顺着缝隙的方向，拖曳出储蓄罐，又将它用嘴巴顶了出来。

　　亚历山德拉目睹米莎帮她摆脱困境的过程，脑海中灵光一闪：米莎身材小，在与其他狗的搏斗中不占上风，但是它灵活，能做一些比较特殊的事情。自己为什么不能像米莎，将劣势化为优势呢？

　　她的顾客中，有著名的模特教练路易斯·杰克森，人们称他为"金牌教练"，很多知名的模特都得益于他的指导。路易斯曾惊叹她的身材，认为是做模特的理想身高，只不过看了她的容貌后，深感惋惜。亚历山德拉决定向他拜师学艺。

　　第二天，亚历山德拉找到了路易斯，花了十几分钟，结结巴巴地说了她的打算：想利用工作的闲暇时间学习模特的相关课程。路易斯借口她年龄大了，加以拒绝。她又结结巴巴地表明决心学好的态度，并表示以后不仅交学费，还免费给路易斯家打扫房间。路易斯被她的诚意感动了，说愿意接受她来学习，但对她的未来不抱希望。

　　在半年时间里，亚历山德拉虚心学习，认真训练，掌握了一个模特应该具备的技能。

　　一天，路易斯告诉几名学生，著名的巴宝莉模特公司要招收一批模特，要她们抓紧训练，他要推荐她们去面试。得到路易斯的推荐，就有很大的可能被巴宝莉录取，但是路易斯推荐的都是优秀的选手，他不会因人情砸了自己"金牌教练"的招牌。那几名学生皆是他的得意门生，亚历山

德拉不在其中。

亚历山德拉经过深思熟虑，第二天，她到训练场所时，一改平时的装扮，换上了一条长裙，雍容华贵，她修长的双腿被衬托得越发挺直。她还剪掉了长长的金发，只留了齐耳短发，这让她的脸颊短小的缺点不再明显，且平添几分精干。当她迈着标准的猫步从路易斯身边走过时，路易斯眼睛一亮，大呼发现了英才。

数天后，亚历山德拉作为路易斯重点推荐的人选，参加了巴宝莉模特公司的面试，她一路过关斩将，与公司签下了合同。模特公司的主管表示："出众的身材和短短的金发，让她与众不同。"

一段时间后，随着亚历山德拉几次走台成功，她从众多的模特中脱颖而出，被公司作为专门从事发型杂志和广告方面的拍摄模特，只要拍摄一次，她就能赚取2000英镑的收入。

2014年6月13日，英国《每日邮报》报道了亚历山德拉的成长历程，报道的题目是《普通女孩上演现实版"灰姑娘"故事》。

灰姑娘靠水晶鞋打动了王子的心，而亚历山德拉凭借自己的智慧，完成了华丽的转身，成就了现实版的"灰姑娘"的传奇。

我们无法选择出身，也不能轻易选择容貌，但绝不要因为贫穷或丑陋，而甘于平庸，失去乐观向上的心。当你把这些当作一种砥砺，它们不再是心灵的包袱，将化成坚强的动力，引领你更好地追求尊严和幸福，拥有绚丽多彩的人生。